阪急電鉄殺人事件

西村京太郎

祥伝社文庫

目次

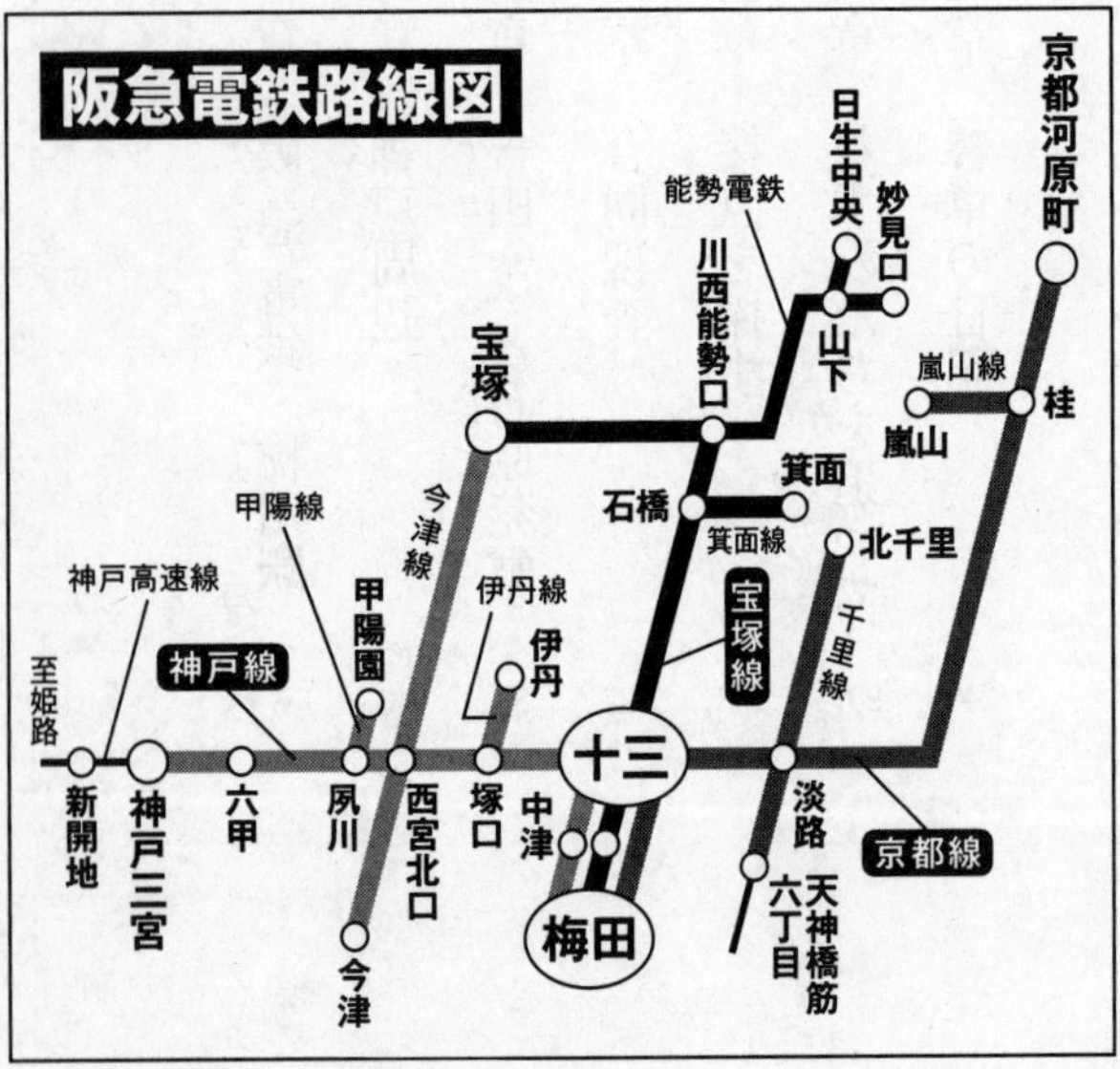
阪急電鉄路線図
京都河原町
日生中央
妙見口
能勢電鉄
川西能勢口
山下
宝塚
嵐山線
桂
嵐山
箕面
石橋
箕面線
北千里
甲陽線
今津線
宝塚線
千里線
神戸高速線
甲陽園
伊丹線
伊丹
至姫路
神戸線
十三
新開地
神戸三宮
六甲
夙川
西宮北口
塚口
中津
淡路
京都線
梅田
天神橋筋六丁目
今津

路線図：三潮社

第一章　阪急《はんきゅう》電鉄・梅田《うめだ》駅

1

菊地実《きくちみのる》は四九歳。今年の末には五〇歳になる。そろそろ分別《ふんべつ》がついてもいいのだが、それができない。三年前に別れた妻には、別れ際《ぎわ》に、

「今のままでは、あなた損ばかりするわよ」

と、説教をされてしまった。だが、自分でもわかっているのに、直らないのだ。何かに夢中になると、全体が見えなくなってしまうのである。そうした性格を、菊地自身は、別に悪いことではないと思っていた。

仕事にもそれが出ていて、写真家としての腕はよいのだが、自分の好きな対象物しか写真に撮《と》らない。今のところ、好きなのは、鉄道の写真である。列車の写真集を何

冊か出しているのだが、それにしても、好きな列車しか撮らないから、あまり依頼がないし、儲《もう》からない。今回は久しぶりに、好きな列車の写真を撮ってくれ、という注文が雑誌社から来たので、菊地は勇んで大阪《おおさか》にやって来た。

四月に入って、旅行雑誌から関西の阪急《はんきゆう》電鉄の取材を頼まれたのである。菊地があっさり引き受けたのは、阪急電鉄には、特別な思い出があったからだった。

その一つは、前に一度、阪急電鉄の取材に行ったことがあるのだが、その時は、今から二四年前に起きた、阪神《はんしん》・淡路《あわじ》大震災の直後だった。ようやく、阪急電鉄も復旧してはいたが、まだ神戸《こうべ》近くの駅を降りると、道路にはひび割れが残っていて、何割かの家の屋根は青いシートで覆《おお》われていた、その思い出があること。もう一つは、神戸に木内《きうち》えりかが、住んでいることだった。

木内えりかとは、東京《とうきよう》のN大の先輩・後輩で、旅行クラブを作っていたことがあった。阪神・淡路大震災の直後は、彼女のことが心配だったのだが、その時は、彼女の消息がわからなかった。その後、年賀状が着いて無事であることがわかり、今回の取材では、久しぶりに会えるだろうという楽しみもあった。

いつもは一人で写真を撮りに行くのだが、今回は助手を使うことにした。雑誌社のほうから、ドローンを使って、上空からも、阪急電鉄を写してほしいという注文があったからである。

そこで、助手の手配を頼むことにした。紹介されたのは、写真学校を卒業したばかりの、若い女性だった。最近は、この世界でも女性の進出が激しい。初めての相手なので、腕がどのくらいなのかは、全くわからない。それでも、一度、マンションを訪ねて、打ち合わせをし、とにかく東京駅で待ち合わせて、一緒になり、新幹線で大阪に向かった。四月一〇日である。

彼女の名前は、津村《つむら》美咲《みさき》、二五歳。何人か紹介されたのだが、その中で、離島でドローンの撮影の経験があるというので、彼女にしたのである。だから、どういう性格なのか、どんな考えを持っているかは、全くわからなかった。

最近の女性にしては小柄だが、気の強そうな感じも受けた。

車内販売でコーヒーを頼み、それを飲みながら、菊地は津村美咲にきいてみた。

「阪急に乗ったことは？」

「大阪の私鉄には乗ったことがないんです。東京の小田急《おだきゅう》や、東急《とうきゅう》などと違うところがあるんですか？」

「そうか」

「でも、噂《うわさ》は聞いてます」

と、にっこりする。

「どんな噂？」

「関西の私鉄の中では、一番上品なお客さんが乗っているという噂です」

と、いう。何となく菊地は苦笑して、

「たぶんそれは宝塚《たからづか》と小林一三《こばやしいちぞう》のせいだよ」

と、いった。

阪急電鉄は三本の本線がある。神戸本線、京都《きょうと》本線と、宝塚本線である。そして、宝塚を作った小林一三が、阪急電鉄の創始者でもあった。

このあと、急に美咲は饒舌《じょうぜつ》になって、

「菊地さんの奥さんって、どんな人なんですか？」

と、きく。

「私は一人だよ」

「独身主義なんですか？」

「三年前に別れた」

「どうして別れたんですか？」

と、うるさい。

「理由は、私にもわからない。ただ、別れる時、家内に、あなたはいつまでも女の気持ちがわからない人ですね、といわれた。そんなことより、大阪では、君にドローンを操縦してもらわなきゃならない。現物は今日泊まる大阪のホテルに送ってあるが、これがそのカタログだ」

ポケットから折り畳んだドローンのカタログを出して美咲に渡した。

「そのカタログのドローンを動かしたことはある？」

「ありませんけど、同じ性能のものを動かしたことがあるし、今のドローンはほぼコンピューターで制御《せいぎょ》できますから、大丈夫ですよ。それより別れた奥さんは今、どうしているんですか？」

と、きく。

「もう再婚しているよ。私より女性のことをよく知っている男とね。もう、その話はここでやめだ。今日は、向こうのホテルでひと休みして、明日、阪急の梅田《うめだ》駅に行く」

と、菊地はいった。

2

新大阪へ着くと、菊地たちは予約しておいた梅田のホテルに向かった。フロントで、送っておいたドローンのセット一式が着いているのを確認してから、ホテルの中で少し早めの夕食をとった。

そのあと、簡単な打ち合わせをして、菊地は、自分の部屋へ入り、メモしてきた手帳を広げた。

ある事典には、阪急電鉄はこう書かれている。

「私鉄会社。一九〇七年箕面《みのお》有馬《ありま》電気軌道《きどう》設立、一九一八年阪神急行電鉄と改称。一九二〇年神戸本線、伊丹《いたみ》線開業。一九二五年梅田駅に阪急直営マーケット（阪急百貨店の前身）を開業する。一九四三年京阪《けいはん》電気鉄道を合併し京阪神《けいはんしん》急行電鉄と改称。一九四九年旧京阪電気鉄道の路線を分離し、新設立の京阪電気鉄道に譲渡。一九五九年梅田―十三《じゅうそう》間の三複線化完成。一九六三年京都線の地下延長線も完成。一九七三年現社名に変更。鉄道の他、不動産業、レジャー産業を経営。また阪急阪神不動産、阪急バス、新阪急ホテル、神戸電鉄など関連会社多数を持つ」

これを読むと、比較的、新しい会社だと思えてくる。

菊地は、プロ野球が好きだから、かつての「阪急ブレーブス」の名称が、浮かんでくるのだが、その「阪急ブレーブス」にしても、「阪神タイガース」に比《くら》べれば、はるかに、若い球団だったのである。

当然、社名としての「阪急電鉄」は、阪神タイガースの「阪神電気鉄道」よりも、はるかに新しい。

阪神電気鉄道のほうは、一八九九年の設立で、阪急電鉄が、神戸本線を延ばそうとした時、阪神電気鉄道の路線は、すでに、大阪―神戸間の海側に延びていたので、仕方なく、山側に敷くしかなかったといわれている。

しかし、阪神電気鉄道のほうが、規模は小さくて、鉄道の全営業キロ数は、四八・九キロにすぎない。

それに比べれば、阪急電鉄のほうが、はるかに、大きい。

①京都本線（梅田―京都河原町《かわらまち》　四七・七キロ）

②神戸本線（梅田―神戸三宮《さんのみや》三二・三キロ）
③宝塚本線（梅田―宝塚二四・六キロ）
④千里《せんり》線（一三・六キロ）
⑤嵐山《あらしやま》線（四・一キロ）
⑥今津《いまづ》線（九・三キロ）
⑦伊丹線（三・一キロ）
⑧甲陽《こうよう》線（二・二キロ）
⑨箕面線（四キロ）
⑩神戸高速線（五・七キロ）

合計　一四六・六キロ

事業内容　鉄道　四七パーセント
　　　　　土地建物　五三パーセント
年間営業収入　四〇一六億一八〇〇万円
資本金　七三六億四四〇〇万円
従業員数　四五七六人

これに似た規模の東京の私鉄を、調べてみると、小田急電鉄の名前が浮かんだ。

菊地が、調べてみると、小田急の数字は、次のとおりだった。

小田急電鉄
全路線　一二〇・五キロ
年間営業収入　五五三〇億五九〇〇万円
資本金　六〇三億五九〇〇万円
従業員数　三九六七人

その他、阪急電鉄について、菊地が興味を持ったことが、あった。

その一つは、阪急電鉄が、京都府、大阪府、兵庫県の二府一県にまたがる私鉄だということである。

また、地下鉄以外の東京の私鉄は、東京の中心部まで入っていない。山手線《やまのて》の円内に駅を作らないのである。したがって、私鉄の始発駅（終着駅）は、新宿《しんじゆく》、渋谷《しぶや》など、山手線の駅で、とどまっている。

それに対して、大阪にも、大阪環状線が走っているのだが、私鉄の駅は、平気で、その中に入っている。それが、もう一つだ。

その違いが、なぜ生まれたのかわからないが、菊地は、勝手に、東京は、江戸《えど》時代には徳川《とくがわ》幕府が置かれ、明治《めいじ》維新からは皇居があったので、私鉄側が遠慮したのだろうと、考えた。

大阪には、それがなかったので、平気で、中心部に、私鉄が乗り入れたのだろう。地図で見るかぎり、阪急電鉄の始発駅（終着駅）の梅田も、開業時には、円の中に入っていた。

菊地は、大阪の地図を見ていると、歴史的な理由よりも、「何となく、大阪らしい」と思ってしまう。東京は「官」の町の匂《にお》いがするのに、大阪は「民」の町の匂いである。

最後に、菊地は、六甲《ろっこう》のマンションに住む、木内えりかに電話した。

「今、大阪に着いた」

と、いってから、

「明日から三日間、阪急電鉄の写真を撮るんだけど、明日もだいたい午後六時には撮影が終わると思う。そのあと、君と食事をしたいと思うんだけど、どうかな？」

と、きいた。

「明日は、ちょっと六時には用事があるので会えませんけど、そのあと八時ごろなら自由になります。そうだ、私のほうから、神戸線で、梅田に行きましょうか？」

「それじゃあ申しわけないから、神戸線の途中の駅で、会うことにしよう。西宮北《にしのみやきた》口《ぐち》あたり、どうだろうか？」

「ええ、かまいませんよ。明日の午後八時、西宮北口の上りホームで」

と、明るい声で、えりかは約束した。

翌日、菊地は助手の津村美咲とドローンのセットを携《たずさ》え、阪急電鉄梅田駅へ向かった。

ラッシュアワーの梅田駅は、騒音に包まれていた。九つのホームがあり、三つの本線の特急、急行、そして普通列車などがひっきりなしに発着している。一日の乗降客数は、最盛期で九〇万。日本の私鉄駅の中では、最大級の数字である。

「まず、君に見てもらいたいのは、この梅田駅から神戸本線、京都本線、宝塚本線の三本の列車が出ているが、その時刻表なんだ」

と、菊地はいった。

「まず宝塚本線。八時から二四時まで全て〇〇分に列車が発車している。八時ジャスト、九時ジャスト、そして二四時ジャストまで、それぞれの時間帯のジャスト〇〇分に急行が発車しているんだ。次は神戸本線だ。同じように九時ジャストから二四時ジャストまで通勤特急、特急列車、快速急行、急行が発車している。最後は京都本線だ。同じように九時から二四時まで、全く同じように、それぞれ〇〇分ジャストで特急列車、通勤特急、快速急行、準急が発車している。三つの線とも、二二時台までは一〇分ごとにも、同じように、三本の列車が同時に発車するんだ」

「本当ですね。つまり、三本のホームから、全く同じ時間に、三本の列車が梅田駅を発車しているわけでしょう？　でも、普通、そんな時刻表ってありませんよね」

と、美咲が不思議《ふしぎ》そうにいった。

「そのとおりだ。普通は、発車駅に、何本もホームがあっても、列車が発車するとすぐ、線路は一本になってしまうからね。全く同じ時間帯に列車が三本発車したとしたら、ぶつかってしまう。ところが、阪急電鉄では、梅田駅の次の特急・急行停車駅の十三まで、三つの複線の線路が並行して走っているんだ。だから、梅田を全く同じ時間に発車することができるし、それが阪急電鉄の一つの売り物なんだ。まずその光景を、私が十三の方向からビデオと写真を撮る。君は、上空から、ドローンを使って撮ってほしい」

梅田駅発 ➡ 宝塚・川西能勢口方面　　発車時刻表

平　日

時	発車時刻（分）
4	
5	0 20 40
6	0 15 24 [30] 32 40 [45] 49 [54] 58
7	[2] 5 [10] 11 16 [19] 20 24 [27] 32 [36] 37 41 [44] 49 [52] 54 57
8	[0] 5 [8] 10 13 [16] 21 [24] 26 29 [32] 37 [40] 41 45 [49] 53
9	[0] 1 6 [10] 11 16 [20] 21 26 [30] 31 [40] 41 [50] 51
10	[0] 1 [10] 11 [20] 21 [30] 31 [40] 41 [50] 51
11	[0] 1 [10] 11 [20] 21 [30] 31 [40] 41 [50] 51
12	[0] 1 [10] 11 [20] 21 [30] 31 [40] 41 [50] 51
13	[0] 1 [10] 11 [20] 21 [30] 31 [40] 41 [50] 51
14	[0] 1 [10] 11 [20] 21 [30] 31 [40] 41 [50] 51
15	[0] 1 [10] 11 [20] 21 [30] 31 [40] 41 [50] 51
16	[0] 1 [10] 11 [20] 21 [30] 31 [40] 41 [50] 51
17	[0] 1 [10] 11 [20] 21 [30] 31 [40] 41 44 [50] 51 [57]
18	[0] 1 [7] [10] 11 **17** [20] 21 [27] [30] 31 **37** [40] 41 [47] [50] 51 **57**
19	[0] 1 [7] [10] 11 **17** [20] 21 [27] [30] 31 **37** [40] 41 [47] [50] 51 **57**
20	[0] 1 [7] [10] 11 **17** [20] 21 [27] [30] 31 [40] 41 [50] 51
21	[0] 1 [10] 11 [20] 21 [30] 31 [40] 41 [50] 51
22	[0] 1 [10] 11 [20] 21 [30] 31 [40] 41 [50] 51
23	[0] 1 [12] 13 [24] 26 [36] 38 [48] 50
24	[0] 10 25

種別

00 特急日生エクスプレス

[00] 急行

00 普通

「どのくらいの時間、撮ればいいですか」

「梅田を出発して次の十三までは五分程度だから、その間のビデオを撮ってくれればいい」

「何時出発の列車を撮りますか？」

「一本だけにしてしまうと、事故があって三本同時出発ができないことがあるかもしれないから、そうだな、九時〇〇分、一〇時〇〇分、一一時〇〇分の三本を撮ることにしよう」

と、菊地はいってから、

「上手《うま》くいったら、それで今日の撮影は終わりで、食事をとって解散だ。君はこのあたりが初めてらしいから、自由に見て廻《まわ》ったらいい」

と、続けた。美咲は重いドローンのセットを肩に担《かつ》いでから、

「ドローンの許可は、得ているんですよね？」

と、確認するようにきいた。

「間違いなく、阪急電鉄と地元の警察の許可は得ているから、安心してくれ」

と、菊地がいった。美咲は頷《うなず》いて、梅田駅を出て行く。タクシーを拾い、阪急電鉄の線路沿《ぞ》いに一番ドローンを飛ばしやすい場所、そして、上空から撮影しやすい場

梅田駅発 ➡ 神戸三宮・西宮北口方面　発車時刻表

平　日

4	
5	0 20 40
6	0 10 18 25 33 39 46 53 54
7	1 5 9 13 17 21 24 28 31 36 39 43 47 51 54 59
8	2 5 11 13 19 21 26 29 34 36 42 44 50 52 58
9	0 5 10 13 20 22 30 32 40 41 50 51
10	0 1 10 11 20 21 30 31 40 41 50 51
11	0 1 10 11 20 21 30 31 40 41 50 51
12	0 1 10 11 20 21 30 31 40 41 50 51
13	0 1 10 11 20 21 30 31 40 41 50 51
14	0 1 10 11 20 21 30 31 40 41 50 51
15	0 1 10 11 20 21 30 31 40 41 50 51
16	0 1 10 11 20 21 30 31 40 41 50 51
17	0 1 10 11 20 21 26 30 31 36 40 41 46 50 51 56
18	0 1 6 10 11 16 20 21 26 30 31 36 40 41 46 50 51 56
19	0 1 6 10 11 16 20 21 26 30 31 36 40 41 46 50 51 56
20	0 1 6 10 11 16 20 21 26 30 31 36 40 41 46 50 51 56
21	0 1 6 10 11 16 20 21 26 30 31 36 40 41 46 50 51 56
22	0 3 10 13 20 23 30 33 40 43 50 53
23	0 3 10 14 20 23 30 37 45 49
24	0 9 25

種別

00 特急　　00 急行
00 通勤特急　　00 通勤急行
00 快速急行　　00 普通

所を探すのだろう。

菊地は時計を見た。現在八時半。もう一度、駅構内の写真を撮りまくってから、あらためて駅長に声をかけて、駅から一〇〇メートルばかり離れた場所に三脚を立て、カメラを構えることにした。ビデオのほうは片手で撮るつもりである。

あらためて、梅田駅の方向を見る。ずらりとホームが並んでいる。三本の複線の線路が、十三まで、並行して走っている。左から京都本線、宝塚本線、神戸本線である。

九時ジャスト。三本のホームから同じ色の列車が出発した。少しばかり地味な色だが、落ち着いた色ともいえる。全く同じ色の列車が、三本のホームから出て来るのは、壮観《そうかん》だった。菊地は、片手でビデオのスイッチを入れながら、カメラのシャッターも切っていった。彼の横を、京都線と宝塚線の列車が通り過ぎていく。いちおう成功と見て、菊地は今度は次の停車駅、十三へ向かった。

まず、十三駅のホームをカメラで撮る。次は一〇時〇〇分に梅田駅を発車した列車が並行して十三に入って来る。それを、ビデオとカメラで撮った。その他にも、時間をずらして、各線の普通列車も入って来る。それも、きちんと写真に撮った。

最後は、梅田発一一時〇〇分の三本の列車が、十三に入って来るのを撮った。それ

梅田駅発 ➡ 京都河原町・北千里方面　発車時刻表

平日

4	
5	0 20 40
6	0 2 15 17 25 29 34 40 43 46 50 53 58
7	1 4 7 14 17 21 24 27 30 33 37 40 42 46 50 54 56 59
8	3 6 10 13 15 20 23 27 30 32 36 39 41 45 47 52 55 57
9	0 4 8 11 13 16 19 22 26 30 32 36 40 42 46 50 52 56
10	0 2 6 10 12 16 20 22 26 30 32 36 40 42 46 50 52 56
11	0 2 6 10 12 15 20 22 26 30 32 35 40 42 46 50 52 56
12	0 2 6 10 12 16 20 22 26 30 32 36 40 42 46 50 52 56
13	0 2 6 10 12 16 20 22 26 30 32 36 40 42 46 50 52 56
14	0 2 6 10 12 16 20 22 26 30 32 36 40 42 46 50 52 56
15	0 2 6 10 12 16 20 22 26 30 32 36 40 42 45 50 52 56
16	0 2 6 10 13 16 20 22 25 30 33 36 40 42 45 50 53 55
17	0 3 5 10 12 15 20 23 25 30 33 36 40 43 46 50 53 56
18	0 3 6 10 13 16 20 23 25 30 33 36 40 43 46 50 53 56
19	0 3 6 10 13 16 20 23 26 30 33 36 40 43 46 50 53 56
20	0 3 6 10 13 16 20 22 26 30 33 36 40 42 46 50 53 56
21	0 2 6 10 13 16 20 24 30 32 36 40 46 50 52 56
22	0 2 6 10 14 20 24 30 33 40 43 50 53
23	0 5 15 20 30 35 45 50
24	0 10 25

種別

00 特急
00 通勤特急
00 快速急行
00 快速
00 準急
00 普通
00 普通北千里ゆき

が終わり、駅の近くのカフェで、撮った写真とビデオを見直していると、美咲から連絡が入った。少しばかり興奮した口調で、

「三本、上空から撮れました。全て成功です。上から見ると、三本の、ちょっと濃い茶色の蛇が、並行して走っているようで、なかなか素晴らしい景色でしたよ。これから、どこへ行けば、よろしいんですか？」

と、きいてきた。

「私は今、十三にいる。この駅の近くに、有名なお好み焼きの店がある。そこで落ち合おう」

その店の名前も教えた。

菊地が、お好み焼きが好きになったのは、二〇代のころからである。

東京の下町に生まれた菊地は、子供のころ、駄菓子《だがし》屋で、もんじゃ焼きを食べていたから、その延長かもしれない。

お好み焼きの本場は、大阪と広島《ひろしま》だが、菊地は、どちらかといえば、大阪のほうが、好きだった。京都へ仕事で来た時も、わざわざ、大阪まで足を運ぶことが多かった。

だが、今まで、そういう時に、木内えりかに電話したことはない。彼女も、結婚し

ていたからである。

彼女の夫が、病死したと知ったのは、最近だった。

お好み焼きの店「お好み十三」は、今日も、客でいっぱいだった。ドローンでの撮影の様子を、美咲から、聞くことはできても、ビデオを小さくない画面で見るのは難しかった。

そこで、かなり遅めの昼食を、この店ですませて、梅田のホテルに戻ることにした。

その時間のホテルに、客は少なかった。

広いロビーの一角を借り、まず、美咲がドローンを使って撮ったビデオを見ることにした。

ホテルから、一〇・一インチのＤＶＤプレイヤーを借り、それで、ビデオを映した。

梅田駅を、九時〇〇分ジャストに、三本の列車が、一斉《いっせい》に出発する。

それを、正面から、菊地は撮ったのだが、迫力があった。ドローンを使って、上空から撮ったものは、違う迫力だった。

梅田から、次の特急・急行停車駅十三まで、三本のレールが並行して走っている。

しかも、大きく弧《こ》を描《えが》く。その三本のレールの上を、同時に、三本の同じ焦《こ》げ茶色の列車が、走るのだ。美咲がいうように、三匹の大蛇が大きく身をくねらせて突き進むような迫力があった。

梅田発九時〇〇分、一〇時〇〇分、一一時〇〇分の、それぞれ三本ずつの列車を、菊地は、飽《あ》きずに、何回も見た。

阪急電鉄が、この景観を売りにしているのも納得したし、注文主の雑誌社が、この光景だけは、必ず、撮って来てくれと念を押した理由も、納得した。

次に、菊地が、真正面から撮った写真とビデオを見た。

それを見て、美咲が、万歳《ばんざい》をした。

「私は、東京で、何本も私鉄の写真を撮りましたけど、阪急のものは、たしかに、東京の私鉄にはない迫力です。乾杯しましょうよ。ビールで」

美咲は、すぐ、ロビー横のカフェで、ビールを注文したが、菊地は、軽く、つき合うだけにした。今夜は、木内えりかと会うのである。その時、彼女と、飲みたかったのだ。

「今日は、これで仕事は終わり。明日は、私が神戸線を撮るから、君には、宝塚線を頼む。最終の三日目は、二人で京都線を撮ろう」

と、菊地は、いった。

そのあと、彼が、腕時計を気にしていると、美咲は、目ざとく気づいて、

「今夜は、どうするんですか？　また、十三へ行くんですか？」

と、きく。

「何で十三なんだ？」

「何かの雑誌で、十三は、男の人の遊び場が多いと読んだことがありますから」

と、笑っている。

「十三には、女性が楽しめるところだってあるよ。とにかく、久しぶりに大阪へ来たんで、大阪の夜の町を歩いてみたい。君も若いんだから、適当に夜の大阪を楽しんだらいい」

と、菊地はいった。

「京都に友だちがいるので、電話してみます」

と、美咲がいうのを、聞き流して、菊地はホテルを出て、梅田駅に向かった。

3

今夜は、神戸線の途中の駅、西宮北口で、久しぶりに木内えりかとデートである。菊地は、妻と別れてしまったが、木内えりかは夫を病気で失っていると聞いた。そのことが、何となく今日のデートを楽しいと思わせた。昼食後の、午後三時ごろにも、確認の電話をした。

そんなことを考えながら、梅田駅で時計を見ていた。午後八時に西宮北口のホームで、会うことになっている。その時間に合わせて、三宮行きの神戸線に乗るつもりだったのだが、神戸線のホームに、「神戸線人身事故の影響のため遅れます」と、掲示が出ていた。駅員をつかまえて、

「この人身事故というのは、何があったんですか？」

と、きいた。駅員は、

「私にはわかりません。何か事故があって、神戸線が現在止まっています。そのうちに開通すると思います」

としか、教えてくれない。

「神戸線のどのあたりで、人身事故があったんですか？」

と菊地がきいたのは、木内えりかは、神戸線の六甲駅から梅田行きの電車に乗るはずだ、と思ったからである。しかし、駅員は、いそがしそうに、

「あちらで、具合が悪くなった、お客さんに、呼ばれてましして」

と、頭を下げて、行ってしまった。

ふいに不吉な思いが、菊地の脳裏《のうり》をかすめた。しかし、掲示板の文句はかわらない。京都線と宝塚線は、時刻表どおりに次々と発着しているのに、依然《いぜん》として神戸線だけは、動きを止めたままである。不安が大きくなり、菊地は木内えりかに電話をしてみた。が、繋《つな》がらない。さらに菊地の不安が大きくなった。

まさかと思いながらも、人身事故という、その人身は、ひょっとすると、木内えりかではないのか。一時間たって、もう一度電話をする。しかし、繋がらない。菊地は我慢《がまん》できなくなり、駅長室へ行った。そこにいたのは助役だった。

「神戸線の人身事故ですが、どこの駅であったのか、それを教えてください」

と、声をかけた。

「現在、お客様にどう伝えるか、駅長が問い合わせているので、今、私にはいえません。とにかく、間もなく復旧する予定ですので、お待ちください」

と、いうばかりだった。

不安は大きくなっていく。いっそのこと、タクシーを拾って、六甲駅まで行ってみようかと思っていると、やっとアナウンスがあった。

「長らくお待たせいたしました。神戸線が復旧いたしました。間もなく電車が動きます」

という放送だった。ほっとしながらも、人身事故の理由がわからないままの不安を抱《かか》えて、菊地は動き出した神戸線の電車に乗り込んだ。

デートを約束した西宮北口で降りる。しかし、ホームには、木内えりかの姿はない。もう一度電話をしてみる。が、相変わらず、彼女が出る気配はない。次の電車で、菊地は六甲駅に向かった。

六甲駅で降りると、菊地は駅長室へ急いだ。駅長室を覗《のぞ》くと、駅長が電話をかけている。駅長が受話器を置くのを待って、菊地は大声できいた。

「もしかして、事故は、この駅で起きたんですか。どんな事故だったんですか？」

駅長が答える。

「線路にお客さんが落ちました。はねられたので、すぐ救急車で近くの病院に運びましたが、現在、手術中です」

「女性ですか？」

「四〇代の女性です」

「名前は？」

「名前はわかりません」

「どこの病院か、教えてください」

「Ｋ病院です」

と、駅長が病院の名前を教えてくれた。菊地はタクシーを拾い、その病院へ急いだ。

病院へ着くなり、夜間受付で自分の名前をいい、

「阪急の六甲駅であった人身事故で運ばれて来た、患者の名前を、教えてください」

と叫んだ。

「現在手術を受けて、面会謝絶です」

と、受付がいう。

「名前ですよ、名前」

と、いらだって、菊地が叫ぶ。

「たしか、身に付けていた身分証明書から、木内えりかさん、四七歳となっていま

す」

と、受付がいった。思わず菊地は「うっ」と呻《うめ》いた。気まずい、重い空気が流れる。その空気を破るように、

「彼女は助かるんですか？」

菊地がきいた。

「それはわかりません。手術をしましたが、現在執刀した医師はわからないといっていますから」

「この待合室で、しばらく待っていてもかまいませんか」

「あの患者さんとは、どういうご関係ですか？」

と、受付がきく。

「友人です。大学時代の先輩と後輩です。今日、神戸線の西宮北口で落ち合う約束になっていたんです」

菊地は早口でいった。それでも、受付の女性は、

「今、きいてみます」

と、どこかへ電話をしていたが、

「しばらく、こちらで休んでいただいてけっこうです」

と、いってくれた。

すでに深夜一二時に近い。深夜の病院は、静まり返っている。菊地は時々、受付の女性に眼をやったが、そのたびに、女性は首を横に振った。意識を取り戻していないのだ。

午前一時。まだ意識不明のままである。菊地は仕方なく、

「タクシーを呼んでください」

と、いった。仕事があった。とにかく、明日《あす》と明後日《あさって》の仕事をやり遂《と》げなくてはならない。タクシーが来た。菊地は待ってもらって、受付の女性にいった。

「私の携帯の番号を教えておきますから、彼女の身に何かあったら、すぐに電話をください」

と、頼んでから、タクシーに乗った。

梅田のホテルに帰ったのは、午前二時をすぎていた。美咲はすでに帰っていた。連絡する気にもなれず、菊地は自分の部屋に入ったが、もちろん眠れない。ベッドに横になったものの、三時になったところで、もう一度、K病院の夜間受付に連絡をしてみた。受付に、こちらの名前をいう。女性の声がいった。

「まだ、意識を取り戻していらっしゃいません」

「それで、医者は何といっているんですか？ 助かるんですか？」

「それも、わかりません。もし意識を取り戻したら、助かるかもしれないと、医師はいっています」

それが、受付の答えだった。

仕方なく、ベッドに横になる。だが、眠れない。四時に、もう一度電話をする。様子をきく。受付の女性の声が、少しばかり険《けわ》しくなった。

「何かありましたら、すぐそちらにお知らせします。それまでは、電話を控えていただけませんか。救急の電話が入ることも、ありますので」

と、いわれてしまった。

夜明け近くになって、ようやく浅い眠りに就《つ》くことができた。しかし、朝食を取りに食堂に行くと、さっそく美咲がいった。

「どうしたんですか？ 昨夜、十三で遊んだんですか？」

菊地としては、本当の話をする気になれなかったから、

「ああ、遊んだよ。久しぶりに遊んだから疲れたよ」

と、いった。

「やっぱり、十三って、そういうところなんですね」

美咲が笑う。

「食事をしよう！」

思わずきつい声を出してしまった。しかし、食欲もない。半分ほど残してしまった。その間も、携帯をそばに置いておいたのだが、病院からの連絡はない。

食事が済むと菊地は、機械的に、

「昨日頼んだ宝塚線の写真を撮って来てくれ。私は神戸線だ」

と、いって、二人はホテルを出ると、真っすぐ、梅田駅に向かった。

駅に着いても、美咲はやたらにはしゃいで、

「一〇時〇〇分発の電車に乗りましょう。神戸線も宝塚線も、一〇時ちょうどに発車するはずですから、私は車内から神戸線を撮ります。菊地さんも、向こうから宝塚線も撮ってください」

という。

「ああ、わかった」

菊地はそっけなくいって、一〇時ちょうどに発車する神戸線の車内に、乗り込んだ。

今日も問題なく、神戸線と宝塚線、それと京都線の三本の電車が、一〇時ジャスト

に梅田駅のホームを離れた。何もなければ、美咲と同じように、はしゃぐところである。そして夢中になってシャッターを切るだろう。そんな気にもなれず、菊地は機械的に、同時発車した電車に向かってシャッターを切っていった。

十三に着く。そして発車。その時、菊地の携帯が鳴った。K病院からだった。

「お気のどくですが、木内えりか様は亡くなられました。これから、どうなさいますか？」

丁寧《ていねい》な口調できくのだが、菊地は返事をする気になれず、

「明日の夜、電話しますので、その後のことを、教えてください」

とだけいって、電話を切ってしまった。現時点で、どこの駅にも降りる気になれず、菊地は機械的に窓の外の景色をカメラに収めながら、神戸三宮まで乗って行った。

神戸三宮で降りる。何の脈絡《みゃくらく》もなく、二四年前の阪神・淡路大震災のことを思った。その直後に、この神戸三宮駅に菊地は来ている。まだ駅の修理が終わっていなかったし、阪急のビルも、壁面にひびが入ったままだった。そんなことを漠然《ばくぜん》と思い出しながら、時々立ち止まっては、三宮の街の写真を撮っていった。それが、依頼された仕事だったからだ。

三宮の街を歩きながら、菊地は、

「仕方がない、仕方がない」

と、呟《つぶや》いていた。木内えりかは死んでしまったのだ。もう彼女に会ってデートを楽しむこともできない。仕事のことを考えよう。とにかく明日までに、約束した旅行雑誌の仕事をやり遂げなければならないのだ。今年は、五〇歳になるんだ。亡くなった女のことで、めそめそしていてどうなるんだ。そんな考えを、脈絡もなく自分にぶつけていく。最後に、

「仕事しよう、仕事しよう」

と、自分にいい聞かせた。

とにかく今日と明日、仕事をしようと自分にいい聞かせ、意識的に足を速くした。カメラのシャッターを押す機会を多くした。そんなことでもしなければ、本当にやる気をなくす恐れがあったからである。

神戸線の各駅に降りていく。その駅の写真、街の写真を撮りまくった。ただ、六甲駅だけには降りなかった。降りるのが怖《こわ》かったのだ。

梅田駅に戻ったあと、本来なら昨日のように美咲に連絡を取って、一緒に食事をしながら仕事のことを話し合うのだが、その気にはなれず、つい一人で飲んでしまい、

彼女からの連絡には返事をせず、少しばかり酔って、夜遅くにホテルに戻った。

その日の深夜近く、同じ六甲の彼女の実家に電話すると、母親という人が電話に出た。菊地は自分の名をいった。

「菊地さんなら、娘から何度もお名前を聞いています」

と、母親がいった。

「本日、御不幸を知って驚いています。葬儀はいつになるのか、教えていただけませんか」

と、菊地がいった。

「こんな事情なので、身内だけの葬儀にしたいと主人も申しておりますので、申しわけございませんが」

と、いって、母親は電話を切った。

三日目。朝起きると、思いきりシャワーを浴びて、朝食に出た。自分のつもりでは笑顔で、

「おはよう」

声をかけたのだが、美咲のほうは、

「何かあったんですか?」

と、きく。

「何もないよ」

「でも、変ですよ。おかしいです」

と、きく。面倒くさいので、

「ああ、昨夜遅くまで例の十三で遊んでしまった。クラブで飲んでね。飲みすぎて帰ったので、顔が変なのはそのせいだ。とにかく、今日は二人で京都線に乗る。食事をしながら、仕事の打ち合わせをしよう」

と、菊地がいった。

菊地は、無理に仕事の話に持ち込んだ。

「君は、京都が好きか？」

「好きなんで、何回も、京都に行っています。でも阪急電鉄で京都に行ったことは、ないんです」

やっと美咲が、仕事の話をした。

「阪急電鉄の京都線は京都河原町行きだ。途中から地下になって、京都河原町駅も地下にある」

と、菊地がいった。

二人は、京都線の京都河原町行きの、九三〇〇系車両に乗ることになった。阪急では最新鋭の車両である。今までの車両とは、少し違っていた。今までの車両は、屋根に取り付けたクーラーがむき出しになっていたのだが、九三〇〇系からは覆いが付いて、クーラーがむき出しになっていない。それに、パンタグラフも片式になっていた。そんな九三〇〇系の写真をホームで撮りながら、菊地は自問のように呟いていた。

「仕事だ、仕事をやるんだ」

そして、二人を乗せた京都行きの車両が、出発した。電車は、桂《かつら》を通って終点の京都河原町に着く。

京都河原町で降りて、地上に出ると、そこは、京都で最も賑《にぎ》やかな繁華街である。相変わらず観光客が多く、しかも外国人客で溢《あふ》れている。

外国の女性が、着物を着て歩いている。何となく似合わないが、平気でニコニコしているし、それを見守る京都の人たちも、ニコニコ笑っている。

少しずつ、菊地の気持ちも和《やわ》らぐようになってきた。

「これからどこへ行きましょう？」

美咲がきく。

「何をしたいか、阪急に初めて乗った君が決めてくれ。阪急に乗って京都河原町へ来て、どこへ行きたいか。正直にいってくれれば、そこへ行くよ」

　菊地はいった。

「そうですねぇ」

と、ポケットから地図を取り出して見ていたが、

「阪急の京都線でここまで来て、桂を通って来ましたから、そちらへ戻るのもつまらないかな。清水寺《きよみずでら》へ行って、それから錦《にしき》市場にも行ってみたい」

と、美咲はいった。

「じゃあ、そこへ行こう。阪急に乗って、それから清水寺へ行って、続けて錦市場に行くのも悪くない」

　と、菊地も応じた。

　タクシーを拾って、まず清水寺へ行く。清水の舞台に行ってみると、相変わらず観光客でいっぱいだ。菊地はここではカメラマンに徹した。京都の街を見て、写真を撮っている津村美咲も撮った。

　そして次には錦市場。ここでも、両側に続く店を楽しそうに覗いている美咲を撮り続けた。

錦市場を出ると、近くのカフェで休憩を取り、コーヒーとケーキを頼んだ。

「次はどこへ行きましょう？」

と、ケーキを食べながら、美咲がきく。菊地が考えていると、

「三千院《さんぜんいん》がいいですか？　それとも鞍馬山《くらまやま》にしましょうか。どっちが、旅行雑誌にいいと思いますか？」

と、美咲がうるさくきく。

「どちらもいいが、その前に行きたい店があるんだ」

菊地が、いった。

「この近くのお店ですか？」

「そうなんだ。四条通《しじょうどおり》に、いい時計を扱っている店があってね、そこの店は、東京にも支店があって、何回も行っているんだ。だから京都の本店には、どんな時計が売っているか、見てみたくてね」

と、菊地がいった。

コーヒーを飲み終わると、菊地が先に立って四条通にある古い時計店に向かった。

外国製の時計を、主に置いてある店だった。

「君に時計をプレゼントしたくてね。一〇万円以内の時計なら、喜んでプレゼントす

るよ。何かほしい時計はないか？」

「そんなこと、いいですよ。仕事で来たんですから」

「それがね、昨日の夜、今回のスポンサーの出版社に例の同時発車の、写真を一枚送ったんだ。そしたら、向こうも大変気に入ってね。一〇万円のボーナスを出すといってるんだよ。だから、僕があげるわけじゃない。何か記念になる時計があったら、いってくれないか」

と、菊地はいった。

嘘《うそ》だった。本当は久しぶりに会う木内えりかに、何か贈り物をしたくて、一〇万円だけよけいに持って来たのである。

「それなら、菊地さんが選んでください」

と、美咲がいった。

「そうだな。この一〇万円のスイス時計がいいんじゃないかな」

そういって菊地は、店員にその腕時計を指差した。

東京に戻ると、菊地は自分が撮った写真とビデオ、それに、津村美咲が撮った写真とビデオを、注文主の旅行雑誌の編集長に渡した。

気に入った編集長は、引き続いて、九州新幹線の取材を頼む、といってくれたが、それを断わって、菊地は、一カ月前に行ったことのある、東北の秘湯《ひとう》に行くことにした。

4

警視庁捜査一課の十津川《とつがわ》は、自分の机で、新聞に眼を通していた。

社会面の小さな記事である。

阪急電鉄の神戸線で、人身事故があり、電車にはねられた四七歳の女性が死んだ、と伝えていた。

(そういえば、東京の中央線《ちゅうおう》でも、一週間前に人身事故があったな)

と、思った。

(少しばかり、人身事故が多いな)

と、思っていると、中央新聞で、社会部記者をやっている友人の、田島《たじま》から電話がきた。

大学の同窓である。

「朝刊読んだか?」

と、いきなりきく。

「今、読んでるところだ」

「それなら、関西の阪急電鉄で起きた人身事故の記事を読んでくれ」

「それなら、読んだよ」

「感想を聞かせてくれ」

「痛ましい事故だと思ったが、関西の事故で警視庁の所管じゃない」

「死んだのは、木内えりかだ」

と、田島がいう。

「そうだったかな。会ったことのない女性だよ。君の知り合いなのか？」

と、十津川は、逆に、きいてみた。

「おれたちの卒業したN大の卒業だ」

「それは知らなかった。しかし、だからといって、私が捜査する事故じゃないよ。君には悪いが」

「四七歳。おれたちの先輩で、N大ではキャンパスの女王になったことがある」

と、田島は、なぜか、粘《ねば》って話し続ける。

十津川は、苦笑した。

「君のあこがれの君だったのかもしれないが、関西で起きた事故なんだよ。警視庁が動くわけにはいかないんだ」

と、繰り返したが、田島は、それには、かまわずに、

「彼女の父親は、阪急電鉄の相談役だ。彼女も、阪急電鉄の宣伝の仕事をやっていた」

と、いう。

「どうしたんだ？　なぜ、阪急電鉄で起きた人身事故に、そんなに、熱心なんだ？」

と、十津川がきいた。

「阪急電鉄、六甲駅で起きた事故で、木内えりかは、梅田行きの電車を待っていた。西宮北口までの切符を持っていた」

「それは、新聞で読んだよ」

「電車が入って来た時、彼女は、ふらふらとホームから線路に転落した。電車が、減速していたので、即死はまぬがれ、救急車で、病院に運ばれたが、翌日に亡くなった。何も喋《しゃべ》らずにだ」

「それも、読んでいるよ。しかしね、警察は、新聞と違って、所管外の事故は、捜査できないんだよ。だから――」

(だから、君が、気になる事故でも、警視庁は、動けないんだ)

と、また、いいかけた時、突然、田島が、声を大きくして叫んだ。

「あれはね。単なる交通事故じゃない。あれは殺人だよ。間違いなく殺人なんだ!」

第二章　神戸《こうべ》周辺

1

八甲田《はっこうだ》の山頂に近い一軒宿にいた、菊地の携帯が鳴った。

「菊地実さんですか？」

と、若い男の声がきく。誰からかといぶかしく思いながら、

「そうですが」

「木内えりかさんをご存じですか？」

「知っていますが、彼女はもう亡くなったはずですが」

「実は、彼女の事件を追っている兵庫《ひょうご》県警捜査一課の寺崎《てらさき》といいます。ぜひ、菊地さんにおききしたいことがありましてね。できれば、こちらに来ていただきたいんで

す」

と、いう。

「現在、東北にいるので、すぐにはまいれませんが」

「明日中に来ていただければ、けっこうです。神戸南警察署でお待ちしています」

と、相手がいった。

「私も彼女の死には関心があるので、必ずまいります」

と、いってから、菊地は、

「一つだけ、質問してもいいですか？」

「何でしょうか？」

「彼女は殺されたんですか？」

菊地がきいた。一瞬、間があってから、

「われわれは殺人の可能性もあると見て、捜査をしていますが、自殺の可能性もあると考えています」

それだけいって、電話は切れた。

翌日。菊地は飛行機と新幹線を乗り継いで、神戸へ向かった。

神戸南署では、電話の主の寺崎という警部が待っていた。背の高い、若い警部である。署内でコーヒーをご馳走《ちそう》になった後、寺崎が単刀直入にきいた。

「亡くなった木内えりかさんとは、どのようなご関係でしょうか?」

寺崎のボイスレコーダーが動いていた。

「大学の先輩、後輩です。大学時代は数人の学生で旅行クラブというものを作っていました。卒業後、阪神・淡路大震災の直後に仕事でこちらに来ていたので、彼女に電話をしたんですが、行方がわかりませんでした。その後、年賀状が来るようになって無事がわかり、今回、旅行雑誌の仕事で阪急電鉄の写真を撮りに来て、久しぶりに彼女に電話をしました。そして、四月一〇日に大阪に入り、翌一一日に会う約束をして、その日の午後八時に、西宮北口の駅で落ち合うことになっていたんです。その時間に合わせて、梅田の駅から神戸線に乗ろうと思っていたんですが、どこかで人身事故があって、電車が運転見合わせになってしまったんです。嫌な予感がしたので、梅田の駅でいろいろときいたんですが、状況がわかりません。まさかと思いながら、動き始めた神戸線に乗って、西宮北口駅まで行ったのですが、彼女はいませんでした。電話にも出ないので、彼女が住んでいる六甲の駅に行きました。そうしたら、彼女と思われる女性がホームから転落して、電車にはねられ、救急車で病院へ運ばれたと聞いたので、すぐ病院へ行ったのですが、依然として意識が戻らない、といわれました。翌日、仕事で阪急電鉄の神戸線や宝塚線の写真を撮っていましたが、その途中で、彼女が病院で亡くなったことを知りました。ご両親に電話して、葬儀に参列させていただきたいといいましたが、身内だけの葬儀にしたいといわれたので、最終日に京都線を取材して、東京へ帰りました。それだけです」

菊地は、いっきに喋《しゃべ》った。

「すると、久しぶりにこちらへ来られたが、木内えりかさんには会えなかった、ということですね」

と、寺崎警部が念を押した。

「そうです。残念ながら会えませんでした。しかし、その前に電話で、会う約束はしていたんです」

「何時ごろに、電話をされたんですか?」

「大阪に入った日の夜、午後八時ごろです。翌日の午後六時に夕食を一緒にしたいと思ったんですが、彼女は用事があるので、そのあとの午後八時なら会える。それで、今いったように神戸線の西宮北口の駅で会うことにしたんです。当日の午後三時ごろにも、一度確認の電話をしました」

「夕食に誘ったが、午後六時は用事があって駄目《だめ》だということで、午後八時になったんですね?」

寺崎が、また念を押す。

「そのとおりです」

「その電話の時ですが、何か気になったことはありませんでしたか?」

「いや、何もありませんでした。明るい声で、午後八時にならば会えるといわれたんで。私としては、久しぶりに会えると喜んでいたんです」

「これから、現場の六甲駅に一緒に行ってもらえませんか」

寺崎がいった。

「もちろん、行きますよ」

菊地も立ち上がった。

電車には乗らず、寺崎の運転するパトカーで、六甲駅に向かった。あの日も、菊地は、六甲駅に行っている。しかし、どんな駅だったか、全く覚えていなかった。それだけ、木内えりかのことが心配で、周囲の景色のことなど、眼に入らなかったのだ。

パトカーで駅前に着くと、六甲駅の一般的な呼び方が、「阪急六甲駅」というのもわかったし、緑色の三角形の屋根が特徴的なこともわかった。寺崎警部と二人で、梅田方面行きのホームへ入って行く。二つのホームが向かい合っている、かなり、大きな駅である。ホームとホームの間には、四本の線路が走っていた。真ん中の二本の線路は、ここを通過する列車のレールである。こちらのホームには、数人の乗客がいた。

「こちらで調べたところ、問題の日の七時すぎに、このホームには、二〇人ほどの乗客が、梅田行きの普通電車を待っていたそうです。亡くなった木内えりかさんは、ホームの端《はし》近くに立って、電車を待っていた。その電車が近づいた時、彼女が不意に、ふらふらっとホームから線路に落ちた、というんです。そこへ電車が入って来たが、駅が近づいており、スピードを緩《ゆる》めていたため、即死には至らなかった。すぐ、近くの病院に運ばれた、といわれています。四月一一日、菊地さんがここに来られた時も、同じ説明を受けたんですか？」

「駅長から、説明されました」

「その後、線路に落ちた乗客が、あなたが会う約束をしている、木内えりかさんだとわかったんですね」

「いや、それは、病院に行ってからです。病院に運ばれた女性は、身分証明書から、木内えりか四七歳とわかった。そう、教えられたんです」

あの日のことを思い出しながら、菊地がいった。

その後二人は駅長室へ行き、あらためて駅長の説明を聞くことになった。菊地は不《ふ》思議《しぎ》に、駅長の声は覚えているのだが、顔は覚えていなかった。ひたすらあの時は、木内えりかの名前を聞こうとして、そればかり考えていたからだろう。

「この駅で人身事故が起こったのは、私が阪急電鉄に入ってから初めてです」

と、駅長がいう。

「この駅のホームにも、監視カメラは付いていますよね。その映像を、見せてもらえませんか」

寺崎警部がいった。菊地も一緒に監視映像を見せてもらった。

ホームで乗客たちが電車を待っている時に、彼女の姿は見えていない。他の乗客たちの陰になっているのだ。電車が近づくとともに、彼女がゆっくりと線路に落ちるのが見えた。そして電車。悲鳴。急ブレーキ。それらが監視カメラにとらえられている。

「これでは、彼女が一人で落ちたのか、誰かに落とされたのかわかりませんね」

寺崎がいったあと、

「六甲のマンションに行きましょう」

と、いった。

マンションに向かうパトカーの中で、

「新聞を見たら、司法解剖の結果、胃の中から睡眠薬が検出されたそうですね」

と、菊地が、いった。

「それでわれわれ警察がこの件を調べることになったんです。他には、フランス料理らしきもの、シャンパンが検出されています。ですから、この日、夕食に木内えりかさんは、どこかでフランス料理を食べ、シャンパンを飲み、それから睡眠薬を、飲んだんです」

阪急六甲駅から、歩いて五、六分のところにあるマンションだった。一八階建てで、その一〇階に彼女の部屋があった。角部屋である。まだ、入口の前にはロープが張られて、所轄《しょかつ》の警官が二名、ガードしていた。

ロープを外してもらい、菊地は寺崎警部と部屋に入った。２ＬＤＫの部屋である。ベランダの向こうに六甲山が見えた。

菊地は、寺崎とソファに向かい合って腰を下ろした。

「このマンションに、前にも来られたことはあるんですか？」

寺崎がきいた。

「来たことはありませんよ」

「どうしてですか？　大学時代からの友人だったんでしょう」

「彼女は結婚していたし、私もです。今回、来る前に彼女のご主人が病死していたと知って、電話する気になったんです」

と、菊地がいった。

「彼女が、阪急電鉄の宣伝部にいることは、知っていましたか？」

「それは知っていました。しかし、どんな仕事をしていたかは、はっきりとはわかりません」

菊地がいうと、寺崎は壁に掛かっている写真を二枚ほど指差して、

「その写真が、木内えりかさんのお仕事ですよ」

と教えてくれた。写真家の菊地が見ても、才能がうかがえる宣伝写真だった。その一枚には、例の梅田駅から出発して来る三本の列車が写っていた。

「それに、木内えりかさんはお祖父《じい》さんの代から阪急電鉄の関係者で、お祖父さんは、戦時中に亡くなったことは聞いていました」

と、菊地はいった。

「いろいろとご存じなんですね」

「当然でしょう。大学時代の仲間だし、一緒に旅行クラブというクラブを作っていた

仲ですから。そのころは、よく話しましたよ」

「それで、これが、殺人事件だとしてですが、菊地さんに思い当たることはありませんか？」

寺崎がきいた。菊地に何か教えてもらいたいというよりは、菊地自身を疑っているような口ぶりだった。

「残念ながら、全くありません。今もいったように、卒業後はほとんど、会っていませんから」

「そうですか。何もご存じありませんか」

と、寺崎がいう。逆に菊地のほうが、この若い警部にききたくなって、

「彼女を彼女が夕食に誘ったところ、用事があって夕食はできないといわれたんです。その夕食を彼女がどこで、誰と食べたのか。どこの店で、あるいはホテルでフランス料理を食べ、シャンパンを飲んだのか、わかっているんですか？」

「もちろん、聞き込みはやっていますが、まだわかっていません。この部屋に、そうした食事の用意はありませんでしたし、当日ここで夕食をとった形跡はありませんから、外で食べたのだと思いますが、今もいったように、残念ながら店も食事の相手もわかっていません」

と、寺崎がいった。

「たしか、この近くに、有名な六甲山ホテルがありましたね。あの日、あそこで夕食をとったということはありませんか？」

菊地が、寺崎にきいてみた。

「そのホテルなら、真っ先に調べましたよ。しかし、当日に、木内えりかさんが夕食をとった形跡はありませんでした」

と、寺崎がいった。

「それで、まだ菊地さんにはいろいろとうかがいたいことがありますので、今日はこちらに留《とど》まっていただきたいのですが」

「もちろん、そのつもりです。前にも泊まったことがあるので、六甲山ホテルに泊まるつもりです」

と、菊地はいった。

2

六甲山ホテルは古いホテルで、阪急六甲駅から車で二〇分近くかかる、六甲山の麓《ふもと》のホテルだった。幸い空き部屋があって、その日、菊地は六甲山ホテルに泊まることができた。

夕食は、ホテル内のフランス料理店で食べることにした。シャンパンも飲んだ。その途中で、いろいろと考えてみた。

四月一日。たしか、午後三時ごろだった。菊地は、木内えりかに確認の電話をした。向こうの携帯にかけたので、その時、彼女がどこにいたのかはわからない。もし、自宅のマンション近くにいたのなら、たぶん夕食はこの六甲山ホテルでとったのだろう。しかし、あの時、神戸市内にいたのなら、神戸にはホテルは多いし、フランス料理店も多いだろう。となれば、そのどこで夕食をとったのかは、見つけるのは難しいのではないか。

問題は、胃の中にあったという睡眠薬である。あの日は、八時に西宮北口駅で、菊地と会うことになっていたのである。そんな状況の時に、木内えりか自身が、睡眠薬を飲むとはとても考えられない。とすれば、誰かに飲まされたに違いない。

他にも考えることはあった。

午後三時ごろ電話をした時には、元気がよかった。しかし、ひょっとすると、何か大きな悩み事があって、夕食後、自殺する気になったのかもしれない。そして、睡眠薬を飲んで、自分で、六甲駅のホームから線路に飛び降りて、電車を使った自殺をしようとしたのかもしれない。だからこそ、兵庫県警は、自殺の可能性もあるといっているのだろう。

もちろん菊地は自殺と思っていない。あんな明るい声で、午後八時に西宮北口の駅で会う約束をしたのだ。その時刻に合わせた列車に乗ろうとして、阪急六甲駅のホームにいたことは、間違いないのだ。そう考えていけば、誰かに睡眠薬を飲まされ、ふらついている彼女が、ホームから突き落とされたとしか考えられない。

菊地は、ホテル内で夕食を済ませると、タクシーでJR神戸駅まで行くことにした。木内えりかには、久しく会っていなかったが、神戸市内には、二回ほど来ていた。あの阪神・淡路大震災の前と、直後である。

神戸の町は、完全に復活していた。夜の神戸の町も、明るくて賑《にぎ》やかである。その町を、菊地はゆっくりと歩いた。あの日、ひょっとすれば木内えりかと、夜の神戸の町を、二人きりで散歩したかもしれないのである。

神戸の中心街を歩く。ホテルが林立《りんりつ》し、ステーキハウスが並び、フランス料理の店もある。ふらりと、その一軒に入ると、持って来た木内えりかの写真を見せて、

「四月一二日に、この人が夕食を食べに来ませんでしたか？」

と、きいてみた。相手が笑い、

「警察の人なの？　警察の人なら、昨日、同じ写真を持って、ききに見えましたよ」

と、いわれてしまった。

その夜、菊地は深夜近くまで神戸市内を歩き廻《まわ》り、途中のバーで飲み、そしてタクシーで六甲山ホテルへ帰った。翌日、寺崎警部の電話でたたき起こされた。

「これから、亡くなった木内えりかさんが働いていた、阪急電鉄の職場へ行こうと思っています」

寺崎がいう。菊地は慌《あわ》てて、

「もちろん、同行させてください」

彼女が働いていた宣伝部は、阪急電鉄の本社内にあった。宣伝部は部長を含めて、社員が二五人。その中でも特に、彼女と親しかったという女性社員に、本社内のカフェで話を聞くことにした。

その同僚社員の名前は藤田由紀《ふじたゆき》。三〇歳になったばかりだというが、亡くなった木内えりかのことは、

「大先輩で、大変な才能の持ち主で、ずっと憧《あこが》れていました」

と、いう。

「最近の木内えりかさんは、どうでした？」

寺崎がきくと、藤田由紀はにっこりして、

「張り切ってましたよ。仕事の時でも、いつも嬉《うれ》しそうにしていましたから。何かよいことがあったんじゃないかって、皆で噂《うわさ》していたんです」

「それがどんなことか、想像がつきますか？」

今度は、菊地がきいた。

「残念ながらわかりません。ご主人が病気で亡くなってから、しばらく経《た》っていますから、好きな人でも出来たんじゃないかと思っていたんですけど」

と、由紀がいう。

「嬉しそうにしていたということですが、それは宣伝の仕事について、よい仕事ができたから嬉しそうにしていたということではありませんか？」

寺崎がきいた。

「それもわからないんです。いつもあの先輩は、素敵《すてき》な仕事をしていましたから。それでも、特に最近は明るかった。だから、仕事の他にも、何か嬉しいことがあったんじゃないかと、思っていたんです。それなのに、突然こんなことになってしまって。

あの嬉しそうな理由を、きいておけばよかったと、後悔しているんです」

と、藤田由紀は、いうのだ。

菊地は、新しい恋人云々《うんぬん》が気になって、

「いつも、仕事をしながら、彼女と話をしていたわけでしょう？」

と、藤田由紀にきいた。

「そうですよ」

「その時に、恋愛の話なんかは出なかったんですか？　新しく好きな人が出来たとか、そういう話をです」

菊地がきくと、由紀は笑って、

「今いったように、私も先輩に、新しい恋人が出来たんじゃないかって、そんな気がして仕方がなかったんです。でも、今になっては、わかりません」

「最近、会社の仕事で、新しい宣伝企画を立てたとか、新しいポスターを作ったとか、そういう話はなかったんですか？」

「いつも宣伝部は、忙しいんです。冬になれば春の、春になれば夏の宣伝がありますから、それはいつものことで特別なことじゃありません」

と、由紀はいった。やはり仕事以外のことなのだろうか。だが、眼の前の藤田由紀は、その点について何も、気づいたことはなかったらしい。

寺崎警部は、宣伝部の他の何人かにも話を聞いてみたが、答えは同じだった。木内えりかは、いつも張り切って仕事をしていた。何かに悩んでいるような、様子はなかったし、職場に特別な人間が会いに来たこともなかった、といった。阪急電鉄本社の廊下には、宝塚劇場の公演の、大きなポスターが貼ってあった。そのポスターも、木内えりかがリーダーとなって作ったものだと、教えられた。

少しだけだが、気は安まったが、逆に、最近の彼女のことを、より知りたくなった。そこで、パトカーの中で菊地のほうから、

「もう一日、六甲山ホテルに泊まるつもりです」

と、寺崎警部にいった。そのあとで、

「聞き込みの結果はどうだったんですか？　木内えりかがフランス料理を食べ、シャンパンを飲んだ店はわかったんですか？」

と、あらためてきいてみた。

「残念ながらわかりません。神戸市内にはフランス料理店がたくさんありますし、ひょっとすると大阪市内まで行って食事をしたのかもしれませんからね。もちろん、これからも聞き込みをやっていくつもりです。もしわかったらすぐ、お知らせします

よ」

と、寺崎警部は約束した。

3

警視庁の十津川に、中央新聞の田島から、二度目の連絡が入った。

「まだ事件の捜査に入っていないんなら、夕食に付き合ってくれないか」

と、いう。

「まだ、捜査には入っていないから付き合えるよ」

「新橋《しんばし》で会いたい」

と、いう。それで新橋駅の近くのカフェで落ち合った。

「ちょっと胃が重いんで、夕食は蕎麦《そば》くらいにしたいな」

十津川がいうと、

「夕食の前にちょっと話があるんだ」

と、田島がいう。コーヒーを頼んでから、その話を、十津川は聞くことにした。

「また、神戸で亡くなったわれわれの先輩の話か？」

「そうなんだ。木内えりかのことで、新しい発見があった」

と、田島は嬉しそうに、いう。

「しかし、いっておくがね」

十津川は、コーヒーを一口飲んでから、

「どうやら殺人の可能性が高くなって、兵庫県警が捜査をしているらしいが、あくまでも兵庫県警の仕事だからね。警視庁は動くわけにはいかないよ」

と、念を押した。

「これは、兵庫県警も知らないと思うんだが、ここ新橋に、月光《げっこう》出版という自費出版が主な出版社がある」

と、田島が切り出した。

「その出版社なら知っているよ。うちの定年退職した副総監が、自伝をそこから出している。一冊買わされたから知っているんだ」

と、十津川は笑った。

「その月光出版から、木内えりかが本を出す話になっていたらしいんだ」

と、田島がいう。

「その月光出版には知り合いがいてね。中央新聞から、月光出版に行った人間がいるんだ。先日、彼に会ったが、神戸で死んだ女性が、うちで本を出すことになっていた、と教えられてね。兵庫県警にも、知らせたそうだ」

「どんな本を、出す話になっていたんだ？」

十津川も、少しばかり興味を感じてきいた。

「それがまだわからないんだ。とにかく電話があって、出したい本がある。それをそちらで出版したいといってきたらしい」

「しかし、内容はわからないんだろう」

「月光出版のほうではわからないといっているが、担当した人間にあらためてきいてみようと、思っているんだ。だから、一緒に行ってくれ」

強引に田島が誘った。

月光出版は、新橋駅近くの雑居ビルの三階にあった。看板には「あなたの自伝、趣味の本などを出しませんか」と、宣伝文句が書いてあった。その会社で会ったのは、青田《あおた》という四五、六歳の男だった。もちろん、十津川の知らない男である。三人で、その出版社の近くにあるカフェで話をした。

田島の友人だというので、質問は彼に任《まか》せて、十津川はそばで、聞いていることにした。

「いつごろ、殺された木内えりかという女性から電話があったんだ？」

田島がきく。

「先月の二〇日ごろだったかな。初めての客だった」

「その時に、どんな話をしたんだ？」

「そちらで自費出版の本を出したい。部数は一〇〇部。新書の大きさではなく、ハードカバーで箱を付けたいといった。それだと、かなり高くなりますよといったんだが、それでお願いしますということでね」

「その時、彼女は自分がどこに住んでいて、どんな仕事をしているかいったのか？」

「たしか兵庫の六甲にあるマンションに住んでいて、阪急電鉄の宣伝の仕事をしているといっていた」

「それで、どんな本を出したいとか、本の内容はいわなかったのか？」

「それをきいたんだが、いわなかったね。ただ、原稿はもう出来ていて、読み返して、間違いがなければすぐ、原稿を持って、こちらに来るといっていた」

「原稿は、もう出来ている、そういったんだね？」

「ああ、そういっていた。だから、読み返して間違いがないかどうかの点検をしたあとで、こちらに原稿を持って来るといっていたんだ。楽しみにしていたんだがね。阪急電鉄の宣伝の仕事をしていると聞いたから、ああいう私鉄の大きな会社の秘密を書いた原稿だったりしたら、面白いと思っていたんだけどね。残念だよ」

「普通、注文があった時に、どんな内容の本か、いちおうの質問はするんだろう?」

「もちろん。いろいろときいたよ。内容についても、どういうものかきいた。写真が入るのかもきいたし、特に本の装丁《そうてい》なんかについて、注文があるのかもきいた。そうしたら、箱付きのハードカバーの本。それだけしかいわなかったね。こちらとしては、どんな本なのか、まず、内容を知りたかったんだけど、それは教えてもらえなかった」

田島が、少し考えていると、今度は青田のほうから、質問してきた。

「君の知っている、木内えりかという人なんだが、自分で小説も書く人なのか?」

「そのへんのことは知らないが、阪急電鉄の宣伝部に、長く勤めているようだから、君のいっていた阪急電鉄の内情についても、いろいろと知っていたはずだ。美人でね。ミスキャンパスにもなったことがある」

「それなら、私もぜひ会いたかったなぁ。ところで、どうして彼女は、殺されてしまったんだ?」

と、青田のほうからきいた。

「それは今、兵庫県警のほうで、調べている。私としては、母校の先輩で、美人の、ミスキャンパスだった女性が殺されたんだ。関心があるし、新聞記者としても真実を知りたい。ただ、こちらの十津川君は、東京の刑事だから、兵庫県警の事件には入っていけないんだ」

と、よけいなことまで、田島は喋っている。

「他に、何か電話の時に、気がついたことはありませんか？」

十津川がきいた。青田は、十津川に視線を向けて、

「それをいろいろと考えていたんですが、そうだ、写真が入る豪華本にしたいといっていましたから、そうなると、簡単な本なら一〇〇部で二〇〇万くらいで済むけど、写真入りの豪華本となると、一〇〇〇万くらいはかかりますといいましたよ」

「そうしたら？」

「原稿を持って来る時に、その一〇〇〇万を支払うと、いってましたね」

「一括で払うといっていたんですか？」

「かなり給料をもらっていたんじゃありませんかね。それとも資産家なのか」

と、青田がいった。

「彼女が注文の電話をかけてきたのは、先月の二〇日でしたね？」

「そうです」

「そのあと、また彼女のほうから電話がかかってはきませんでしたか。たとえば、本の注文についてこんなことをしてもらいたいとか、少し原稿の持ち込みが遅くなるとか、そういった電話はなかったんですか？」

「一度もありませんでしたね」

「彼女の注文について、他から何か電話があったということはないのかな」

今度は田島が、青田にきいた。

「それはないよ。自費出版を中止するとか、彼女の友人から、どんな本を出すのかというたぐいの電話があったかということか？」

「それはあったんですか？」

「いや、それに関するような電話も投書も、全くありません」

と、青田がいった。

その帰りに、十津川と田島は、新橋駅近くの蕎麦屋で、夕食をとることになった。

めいめい注文してから、田島が、自分の撮った写真を二枚、十津川に見せてくれた。最近の木内えりかの写真が、二枚である。十津川はちょっとびっくりして、

「彼女は、阪急電鉄で働いていたんだろう。わざわざ、大阪まで行って、撮って来た

のか?」

と、きいた。

「わざわざ行ったわけじゃない。仕事で、神戸の取材があってね。もう、三カ月も前の話だ。向こうに行った時に、我が母校の元ミスキャンパスが、阪急電鉄で働いていることを思い出してね。会いに行ったんだよ。その時に撮った、写真だよ」

と、田島がいった。

「その時に、どんな話をしたんだ?」

十津川がきいた。

「とにかく、久しぶりだからね。彼女の仕事が終わるのを待って、近くのカフェでコーヒーを飲みながら、いろいろと話をしたよ。その時に、最近、ご主人を病気で亡くしたことも聞いた。彼女の宣伝の仕事もね。とにかく向こうでは、相当才能を買われていて、新しい宣伝写真も、ずいぶん撮っている。だから、自信満々に仕事の話をしていたな」

と、田島はいう。

「その時、今回の事件を予感させるような話を、彼女はしなかったのか?」

十津川がきいた。これはまぎれもなく、刑事根性である。所轄外とわかっていても、やはり殺人事件となると、関心を持ってしまうのだ。

「いや、全くそうした話はなかった。だから、どうして突然亡くなってしまったのか、不思議でしょうがないんだ」

「じゃあ、他にどんな話をしたんだ？」

「彼女のお祖父さんが、阪急電鉄の顧問弁護士でね。また、お父さんは、同じように社員ではないが、阪急電鉄に関係していると、いっていた。彼女自身も、阪急電鉄の仕事をしている。簡単にいえば、阪急一家かな。だから、彼女が、月光出版に頼んだ原稿というのも、阪急電鉄の話じゃないか、そう思っているんだ。しかし、青田の話を聞いていると、違うような気がしてきた。ひょっとすると、彼女は、小説を書いて、それを自費出版するつもりだったのかもしれない」

と、田島がいった。

「君が彼女に会った時、小説を書いているようなことを、いっていたのか？」

と、十津川がきいた。

「いや、全くそんな話は出なかった。とにかく阪急の宣伝の仕事が、楽しくて仕方がないような感じだったね。さっきもいったように、鮮やかな宣伝写真も見せてもらって、感心したのを覚えているんだ」

と、田島がいった。

「何度もいうが、何か関係がなければ、私は兵庫県の事件の捜査はできない。新聞はどうなんだ？　君の希望で、神戸で取材することはできるのか？」

十津川がきいた。

「新聞社だって、それほど暇《ひま》じゃない。ただ、うちの新聞で、『日本を襲う天災について』どう考え、対策をどうするかという特集を、これから始めるんだ。その中に、二四年前の阪神・淡路大震災のことを扱う場合があったら、頼んで行かせてもらおうと思っている」

と、田島は本気だと付け加えた。

4

菊地は、六甲山ホテルで朝食を済ませると、東京へ帰る前に、寺崎警部に電話をかけた。

「もう一度、神戸で、彼女のことをきいて廻ってから、東京に帰ろうと思っています」

と、伝えると、

「それなら、パトカーで、神戸の町をご案内しますよ」

と、いう。それでは申し訳ないので、

「自分で、タクシーを拾いますよ」

「実は、新しい発見がありましてね。それを、菊地さんにもお伝えしようかと思いまして。それから、彼女が阪急六甲駅で殺された直後、菊地さん、あなたが梅田の駅で、駅員に状況をきいていたことの、確認がとれました。もう、菊地さんを疑うことは、ありませんよ」

と、寺崎はいった。

そこで、寺崎が運転するパトカーの中で、それを聞くことにした。昨日の夕食のあとも、一人で神戸市内を歩いて廻ったので、今日は昨日行かなかった場所を、できれば案内してもらいたかった。

「それなら、喜んでご案内しますよ」

と、いったあと、JR神戸駅近くのカフェで、寺崎警部が木内えりかについて、新しくわかったことというのを、話してくれた。

「彼女がマンションで使っていた、自分用のパソコンがなくなっていました。それが一つで、もう一つは、彼女の携帯を調べてみたんですが、仕事が仕事だけに、いろいろなところへ電話をしています。ところが一件だけ、ちょっと変わったところへ、電話をしていたことがわかりました。今年の、三月二〇日に、電話をしているんです」

と、寺崎がいう。

「変わったところですか？」

「だいたい、関西圏の会社や友人に電話しているんですが、その一カ所というのが、東京の新橋にある、自費出版専門の月光出版という会社なんです」

「彼女は、何かを自費出版するつもりだったんですかね？」

「内容はわかりません。ただ、電話で問い合わせたところ、三月二〇日に電話をしてきて、自費出版をするとなると、どれくらいかかるのかとか、いつごろ出版できるのかとか、ときいたそうです。彼女が話したところでは、原稿はもう出来上がっていて、推敲《すいこう》したあと、月光出版へ持って行くと話したそうです。豪華本で一〇〇〇部。それで月光出版のほうは、一〇〇〇万くらいかかると話したそうです。彼女は、その金額には文句をいわず、とにかく原稿を推敲したら持って行く。そしてその時に、一〇〇〇万を払う、といったそうです」

「彼女は、本を出すつもりだったんですか？」

「そうらしいですよ。菊地さんは、大学時代に、一緒に旅行クラブをやってらっしゃったといいましたね。その時から、彼女は、小説やエッセイを書くような才能があったんですか？　写真や絵のうまい人だということは、わかっていますが」

「大学時代は、旅行クラブで、会報を出していました。彼女も、そこに旅行記みたいなものを載《の》せていましたよ。なかなか面白いエッセイで、あるいは小説の才能もあったかもしれません」

と、菊地はいった。

「しかし、自費出版は、たいていの出版社がやっていますよね」

と、寺崎がいう。

「そうですね。一流の出版社でも『自費出版引き受けます』と、広告を出しています」

「しかし、関西にも、出版社はいくつかあるのに、どうして、東京の出版社に頼んだんでしょうか？」

と、寺崎が首をかしげた。

「彼女は、東京の大学を出ていますからね。月光出版は、そのころから知っていたのかもしれません。それで、東京の出版社に、頼んだんじゃありませんか」

菊地は、N大時代の木内えりかを思い出していた。会報に載せた彼女の旅行記は、ユーモアがあって、好評だった。ただ、そのころ、会報は、大学の出版部に印刷を頼んでいて、月光出版とは関係がなかった。

「私は、地元の出版社に頼まず、東京の月光出版に話をしていることに、何かあるのではないかと、思っているんです」

と、寺崎はいった。

「それは、彼女が殺された理由ということですか？」

「そうです」

「しかし、彼女が、何を月光出版に頼もうとしていたのか、わからないわけでしょう？」

と、菊地が、きく。

「そうです」

と、寺崎は、肯《うなず》いてから、

「県警でも、今回の事件を、殺人と考えると、その動機が、わからなくて困っているのです。阪急電鉄での仕事は順調で、問題を起こしていませんし、社内に敵はありません。夫を病気で失っていますが、その後、新しい彼が出来たという噂もないのです。菊地さんが会おうとしたのが、久しぶりというのは、本当のようですしね。したがって、変わった点というと、今のところ、月光出版に頼んだ本の問題しか見つからないのですよ」

「つまり、彼女が、他人を傷つけるような過激なものを出版しようとしていて、それで傷つく人間が、彼女を殺したというわけですか？」

「そんなことを考えたんですが、出版するものの内容がわからないので、何ともいえませんが」

「その原稿は、見つかっているんですか？」

「いや。彼女の職場や、自宅マンションは、調べたんですが、見つかっていません。ただ、私用のパソコンが、なくなっているので、そのパソコンに、入っているのかもしれません」

と、寺崎は、いった。

このあと、寺崎は、菊地に神戸市内を案内してくれるはずなのだが、カフェでの話が、長くなってしまった。

寺崎は、木内えりかが、どんな原稿を自費出版しようとしていたのかに、拘《こだわ》っていたし、菊地も、話しているうちに、寺崎の考えに同調していった。

久しぶりの再会を楽しみにしていた木内えりかが、突然、死んだ。しかも、殺された。菊地としては、犯人を知りたいし、犯人の動機も知りたい。

「捜査側では、全員が、想像をたくましくしています。木内えりかが、何を出版しようとしていたのかについてです」

と、寺崎は、いう。

「作家でも、詩人でもない人間が、出版するというと、普通は、自分史が多いと思いますね」

菊地が、いった。

「自分史ですか？」

「誰でも、自分の歴史を、この世に残したいものですからね。成功した起業家なら、自分が作った会社の社史を出すんじゃありませんか」

菊地の友人で、人材派遣会社を作って成功した男がいて、その男は、社史を出していた。

「彼女は、阪急電鉄で働いていて、自分の会社を、たちあげたわけじゃありませんから、社史じゃありませんね」

と、寺崎が、いう。菊地に、神戸の町を案内するといったことなど、忘れてしまったらしい。

菊地のほうも、木内えりかの自費出版話について話すことに気が入って、神戸市内を廻ることは、忘れていた。

「木内えりかは、まだ、四七歳で、阪急電鉄の仕事を、楽しんでいたようですから、自分史ということは、考えにくいですね」

と、菊地は、いった。

「それでは、やはり、小説とか、短歌とか、俳句ですかね」

寺崎は、八〇歳になった叔父《おじ》が、自費出版で、句集を出したと、いった。

菊地は、必死で、大学時代の木内えりかを思い出そうとした。

たしか、彼女は、太宰治《だざいおさむ》が好きで、特に、太宰が書いた『津軽《つがる》』が、好きだと、いっていた。『津軽』は、小説としては、紀行文学的なところがあるもので、彼女自身、旅行好きで、旅行記を書いたりしていたから、『津軽』が、好きだったのだろう。

（とすれば、社会人になってからも、旅行を楽しみ、それを紀行文として書いていたのかもしれない）

と、菊地は思い、それを、寺崎にも話した。

「旅行記ですか」

「阪急電鉄で働いていたわけですから、阪急電鉄を使った旅行記かもしれません。阪急電鉄なら、神戸、宝塚、そして京都と、魅力的な旅ができますから」

菊地は、仕事で来て、神戸、京都にも行ってきたことを、寺崎に話した。

「普通、京都というと、新幹線を使って行くという話になりますが、今回は、初めて、阪急電鉄を使って、京都に入りました。新鮮でしたよ」

「阪急電鉄を使った旅行記なら、会社も喜ぶでしょうね。宣伝になるから」

と、寺崎は、肯いたが、すぐ、付け加えて、

「しかし、そうした、旅行記が、殺人の動機になるとは、とても思えませんがね」

と、いった。

「それでも、旅行記の中で、他人《ひと》を傷つけてしまうことも、考えられますよ」

と、菊地がいう。

「どんなことですか？」

「たとえば、木内えりかが、阪急電鉄を使って、京都へ行った時のことを書いたとします。その車内で、痴漢行為を目撃して、それを旅行記の中に書いた。それが、的確な描写なので、書かれた男は、怒って、出版前に、彼女を殺してしまったということも、考えられるんじゃないかな」

と菊地は、いった。

「たしかに考えられないことは、ありませんが、偶然すぎませんか。たまたま、旅行に出ていて、その途中で、犯罪行為を目撃すること自体、まれだと思いますが、その時には、車内なら車掌《しゃしょう》に、観光地だったら警察に届けるんじゃありませんか。木内えりかさんは、その時は、見ないふりで、あとで、書くような人ですか？」

寺崎が、逆に、菊地にきいた。

「大学時代の木内えりかは、正義感が強い女性でした。だから、旅行中といえども、眼の前で犯罪行為が行なわれていたら、見過ごせないと思うし、それを、あとになって、書くなんてことは、しないと思いますね」

と、菊地も、いった。

「そうなると、旅行記の線は消えますね」

「いや、そう断言はできませんよ」

と、菊地は、いった。

「どうしてですか？」

「こんなケースが、考えられると、思うのです。木内えりかは、自分の旅行記を書いて、自費出版することにした。旅行を、そのまま原稿にした。旅行中に、犯罪に、まき込まれたこともなかったから、そのまま書いた。ただ、素敵な人、面白い人に出会ったので、そのまま旅行記の中に、書いた。本人は、それが問題になるとは、全く思っていないから、自費出版することにした。ところが、それを、ある人間が知って、命取りになった。だから、出版を止めるために、木内えりかを殺した——」

「理由《わけ》がわかりませんが」

と、寺崎が、首をひねる。

「旅行記というと、何月何日の何時発の列車に乗ったというように、正確に書きます。列車なら、何号車に乗ったと書き、その時の車内の様子を書くのが普通です。その車内で会った人間と、知り合いになって、旅行記に書くと、何月何日何時のその人間のアリバイが生まれてしまうのです。逆に、その列車の沿線で、殺人事件が、その月日に起きていたら、その人物が、他の場所にいたといっても、アリバイが、消えてしまうわけです」

「なるほど」

と、寺崎は、微笑してから、

「しかし、木内えりかの本は、まだ出版されていません。今のところ、原稿を見た人もいません。それなのに、犯人は、今、菊地さんがいったような理由で、殺人を実行したんでしょうか？」

と、いった。

一つの壁を乗り越えたら、また、新しい壁が眼の前に現われた感じだった。

だが、菊地は、木内えりかが考えていたという自費出版のせいで、彼女は殺されたという考えを変えなかった。

そうして、別のことを考えていた。

それは、あの日の彼女の行動だった。

菊地は、夕食を誘ったが、午後六時には、用事があるので、午後八時に時間を調整して、西宮北口駅で会うことになったのである。

菊地が、知りたいのは、あの日、木内えりかが、午後六時に、何の用があったかということだった。

普通に、考えれば、誰かと夕食をともにする約束をしていたので、菊地に対して、午後八時にしてくれといったということになる。

その夕食は、フランス料理らしいと、わかっている。それに、シャンパン。そして、睡眠薬である。

もし、木内えりかが、殺されたのだとしたら、当然、当日の夕食が問題になってくる。

ところが、木内えりかが、どこで、誰と夕食をとったのかが、わからないのである。最初に浮かぶのは、近くの六甲山ホテルである。ここでは、フランス料理が出るし、もちろん、シャンパンもある。

しかし、六甲山ホテルのほうでは、当日の夕食に、木内えりかは、ホテルに来ていないと証言している。

兵庫県警では、聞き込みをやったが、今にいたるも、木内えりかが夕食をとった店は、わからないのである。

菊地が、そのことを口にすると、とたんに、寺崎警部は、声を低くした。

「神戸市内から、梅田周辺まで広げて、聞き込みを続行しているのですが、依然として、木内えりかが、フランス料理を食べた店は見つからんのです」

「ホテルや、フランス料理の専門店じゃないのかもしれませんね」

と、菊地が、助け舟を出すと、寺崎は、声を戻して、

「われわれも、考え方を変えようと思っています。木内えりかは、夕食に、個人宅に呼ばれ、そこで、フランス料理を出され、シャンパンも飲んだのではないかとです」

「そこで、睡眠薬も飲まされたと？」

「そうです」

「その家は、どこにあると、考えているんですか？」

「睡眠薬を飲んでいますし、阪急六甲駅のホームから転落しています。駅から遠い場所では、駅への途中で薬が効《き》いて、眠ってしまうおそれがあります。それでは、殺しはできませんから、時間の調整ができる、阪急六甲駅の近くの家だと、考えています」

「それでも、特定できませんか？」

と、菊地が、きいた。

「できません。六甲周辺は、大きな邸宅が多く、たいていの家が、フランス料理ができるし、シャンパンを用意しているので、特定するのが、難しいのです」

と、寺崎は、いった。

二時間近く、カフェで話し合ったのだが、事件解決の手掛かりは、見つからず、二人は、店を出て、神戸市内を、見て廻ることにした。

市内は、阪神・淡路大震災の痛手から、完全に立ち直っているように見えた。菊地が、震災の直後に訪ねた時には、道路には、地割れが残っていたし、神戸三宮駅も、まだ復活していなかった。

それが、今は、震災の跡は、ほとんど見られない。異人館あたりは、昔のままで、観光客が、あふれていた。

そうして、神戸の町を歩きながら、菊地の眼は、自然に、フランス料理の店を探していた。

第三章　吉田茂《よしだしげる》と石原莞爾《いしわらかんじ》

1

津村美咲から、電話が入った。

「菊地さん、お元気ですか？」

「あまり元気じゃない。木内さんのこと、話したろう」

と、菊地はいった。

「そうでしたね。あれから、また阪急電鉄に乗ってきましたよ」

「それで？」

「阪急電鉄っていう呼び方、一九一八年が始まりなんですね」

「それで？」

「去年が二〇一八年だから、阪急電鉄一〇〇年だったんですよ。だから『阪急電鉄一〇〇年』という社史を出しているんです。分厚《ぶあつ》い本ですけど。一般の書店では売っていないんで、国会図書館に行って読んできました」

と、美咲がいう。楽しそうな喋《しゃべ》り方だった。菊地は、それについていけなくて、

「社史なんて、面白くないだろう」

「そうですね。あまり、面白くないんですけど。その中に、

〝昭和二〇年三月、顧問弁護士の木内宏栄《ひろえ》氏が職を辞したい旨《むね》、電話してきた。阪急電鉄本社は、その必要なしといったが、木内氏は自分の言動が阪急電鉄に迷惑を掛けてはいけないといい、弁護士の資格を失ったので、顧問弁護士を辞任してしまった。残念である〟

そういうふうに、書かれてあったんです。この木内顧問弁護士って、菊地さんが、亡《な》くなったことを悲しんでいた木内えりかさんの、お祖父《じい》さんじゃないんですか？」

と、美咲がいう。菊地は、急に頭が冴《さ》えてきた。

たしかに木内えりかの祖父は、阪急電鉄と関係があった。

（そうか、顧問弁護士だったんだ）

と、思いながら、

「それは、阪急電鉄一〇〇年を記念して出した社史に載《の》っているのか？」

「そうですよ。市販されていませんが、国会図書館に行けば読むことはできますよ」

「ありがとう」

菊地は電話を切ると、国会図書館へ行く気になっていた。

菊地が国会図書館に来たのは、これで二度目である。『阪急電鉄一〇〇年』を借りる。たしかに分厚くて、重たい本だった。そこに、一九一八年から二〇一八年までの阪急電鉄の歴史が、各年ごとに、日記のように、書かれていた。

「昭和二〇年」のページを開く。一月から順番に見ていく。この年、日本は敗戦しているから、勇ましい文章は全くない。B29の爆撃で、あるいはアメリカの艦載機の攻撃で、線路やさまざまな施設が破壊されていく様子が書かれていた。三月一九日のところに、美咲が教えてくれた文章があった。


「本日、木内宏栄氏が顧問弁護士を辞任する旨、電話をかけてきた。自分が特高《とっこう》に目を付けられ、訊問《じんもん》を受けたことが、阪急電鉄に迷惑を及ぼすことを恐れ、また、弁護士資格を失ったための、辞任であった。会社としてはその心配はない、いつまでもせめて顧問として続けてほしいと答えたが、夜遅く辞任届が阪急電鉄本社に届けられた。難しい、暗い時代になったものである」

これが、美咲のいった、社史の一節だった。

さらに、一〇〇年史を読み進めていくと、八月二〇日の、次の文章にぶつかった。

「本日、顧問だった木内宏栄氏が亡くなった。特高に訊問をされている途中で死亡したと知らされた。特高からの知らせによれば、訊問中に突然心筋梗塞《しんきんこうそく》を起こし、急きょ医師の手当てを受けさせたが、そのまま死亡してしまった」

と、短く社史には書かれている。「特高の訊問中に心臓発作を起こして死亡」とあるが、ひょっとすると戦争中、特に敗戦間際《まぎわ》だから、拷問《ごうもん》を受け、そのために死亡したのかもしれない。そう考え、次に、特高警察の歴史を調べることにした。

特高。正確には「特別高等警察」。一九一一年に幸徳秋水《こうとくしゅうすい》の大逆《たいぎゃく》事件をきっかけに警視庁に生まれ、一九一二年には大阪にも置かれている。そして、一九二八年には、日本全国に特高が置かれることになった。「思想警察」と呼ばれ、国民からは恐れられていたが、太平洋戦争が進むにつれて、多くの文化人や思想家が逮捕、訊問された。

一九四五年、昭和二〇年三月一五日。阪急電鉄の顧問木内宏栄が、不穏当《ふおんとう》な言動によって、特高により逮捕、訊問を受けている。

2

その後、数日して、また美咲が電話してきた。

「あれから木内宏栄について、調べてみたんですが、いろいろと面白いことがわかってきました。菊地さん、聞きたいですか？」

「君は何で、木内宏栄のことを調べているんだ？」

「それは、菊地さんが興味あるかと思ったからです。興味ないなら、やめますけど」

電話の向こうで、美咲がいった。菊地は、少し慌《あわ》てて、

「まあ、わかったことを教えてくれ」

「まず、木内宏栄さんと、阪急電鉄社長小林一三さんとの関係です。木内さんは、一八七八年、神戸に生まれています。小林一三さんは、一八七三年、山梨《やまなし》生まれです。五歳、小林一三さんのほうが年上です。小林さんは慶應義塾《けいおうぎじゅく》を卒業していますが、

木内さんは東大卒です。その後、木内さんはイギリスへ留学。小林さんは、一九二七年に、阪急電鉄の社長に就任しています。木内さんは、イギリスから帰ると、弁護士資格を得て、太平洋戦争が始まった一九四一年には、阪急電鉄の顧問弁護士になっていました。木内さんと小林一三さんの間は、個人的にも親しかった。よく、小林さんの自宅に呼ばれ、家族的な付き合いだったといわれています。ただ、木内さんは一九四五年、昭和二〇年の三月に特高に逮捕され、その後釈放されましたが、弁護士資格を奪われています。それでも小林さんは、以前のまま、木内宏栄さんを、阪急の顧問だけとして、雇《やと》い続けました。ただし、資格を失い、収入が減ってしまった木内さんは、立命館《りつめいかん》大学の講師になっています。これはおそらく、阪急電鉄社長の小林さんの、推薦によるものだと思われます。その後、木内さんは八月に再逮捕され、拘置《こうち》所で死亡しました。この死亡は、特高の拷問によるものではないかといわれていますが、真偽《しんぎ》は確認されていません」

「木内宏栄さんは、阪急電鉄の顧問弁護士だったんだから、社長の小林一三と親しくしていたって、別に不思議《ふしぎ》じゃないんだ。他に何か面白い話はないのか？」

と、菊地がきいた。

「一番面白いのは、吉田《よしだ》茂《しげる》との関係です。吉田茂といいますと、太平洋戦争が敗北に終わったあと、最初は外務大臣になっていましたが、その後総理大臣として活躍し、戦後最も日本に尽くした総理大臣だといわれています。私は、よく知りませんが」

と、美咲がいう。

「木内宏栄さんと吉田茂とは、どんな関係なんだ？」

菊地がきいた。

「まず、生まれたのが一八七八年で同じです。木内宏栄さんは、さっきもいったとおり神戸生まれで、吉田茂は東京ですが、同じ一九〇六年に、二人は東大を卒業しています。吉田は、卒業と同時に外務省に入省。木内さんは、さっきもいったとおり、イギリスへ留学しています。つまり、同じ年に東大を卒業していますので、同級生ということになります。その後、吉田茂は一九二八年に外務次官、一九三六年には、広田《ひろた》内閣の外務大臣になるのではないかといわれていましたが、軍部に反対されて駐英大使になりました。日独伊三国同盟に反対して、軍部に睨《にら》まれています。一九四五年、昭和二〇年の戦争末期に和平工作をして憲兵隊に逮捕されていますが、この時期に、木内宏栄さんも同じように、特高に逮捕されています。どうやら二人は、和平工作で連絡を取り合っていたんじゃないかといわれています。戦後、吉田茂は、総理大臣になっているんですが、木内宏栄さんは昭和二〇年三月に逮捕、八月に再逮捕されて、この時、亡くなっています。もう一つ、これは大変面白いことなんですが、木内宏栄さんは石原莞爾《いしわらかんじ》とも、親しかったに違いないです」

「石原莞爾って、あの石原莞爾か」

「そうです。石原莞爾です」

「しかし、年齢がだいぶ違うだろう」

「木内さんは一八七八年の生まれで、石原莞爾のほうは、一八八九年ですから、一一歳年下です。そして、石原の生まれは山形《やまがた》の鶴岡《つるおか》で、学歴も違っています。石原莞爾は、一九一八年、陸軍大学校を卒業し、一九三一年満州《まんしゅう》事変を起こしました。一九三七年に日中戦争が始まりましたが、この時、石原は戦争に反対して、一九三八年には東條英機《とうじょうひでき》とケンカし、一九四一年に予備役に編入。民間に下り、東亜《とうあ》連盟を構想しています。同じ一九四一年には、面白いことに石原莞爾も立命館大学の講師をやっているんです。木内宏栄さんも、立命館大学の講師をやっていて、このことによって、二人は、親しくなったのではないでしょうか」

「吉田茂や石原莞爾の名前が出て来て、面白いな。君はいったい、どうやってそれを知ったんだ」

「国会図書館です。木内さんが東大を卒業したあと、イギリスへ留学して帰国し、弁護士の資格を取った。それなら同じころに東大を卒業した人には、どんな人がいるだろうと思って、名簿を調べたんです。そうしたら、中に吉田茂さんがいて。同じ年に入学し、同じ年に卒業していますから、きっと仲のいいクラスメイトだったんじゃないのか、その時、どんなことを話していたんだろう、それに興味があって、吉田茂さんの経歴を調べたんです。昭和二〇年に入り、ほぼ日本の敗戦が決まったころ、二人とも捕まっています。木内さんのほうは、二度目の逮捕で亡くなってしまっているんですが、二人とも特高や憲兵にマークされていたくらいだから、和平運動をやっていたんじゃないかと、考えました。それで、吉田茂さんのことを書いた本を読んだら、昭和二〇年に、やはり、彼を中心に和平工作をやっていて、そのグループの中に、木内宏栄さんの名前もありました。そのために、二人とも特高や憲兵に逮捕され、訊問されたんだと思って、関心が生まれたんです。木内さんは、昭和二〇年三月に一度目の逮捕なんですが、弁護士の活動を禁じられて、仕事がなくなってしまった。その時に、立命館大学の講師になって、法律を教えているんです。さっきもいいましたが、阪急電鉄の小林社長が、口を利《き》いて、木内さんを、立命館大学の臨時講師に推薦したんだと思います。小林社長には、そのくらいのコネがあったんだと思いますね」

と、美咲は、電話の向こうで、一息してから、

「そのころ、木内さんや吉田茂さんみたいに、国の圧力で、仕事を失ったり、困窮《こんきゅう》した人が他にもいて、どのくらい立命館大学の講師になっていたのか、それを調べたら、その中に、石原莞爾の名前があってびっくりしたんです。石原莞爾も、時の権力者の東條英機とケンカをして、予備役に編入されています。それでは職に困るので、誰かの推薦で、木内宏栄さんと同じように、立命館大学の講師になっていたんだと思います。時期はまるで違いますが、こうした縁で、二人は、たぶん面識を持つことになって、戦争の話やこれからの日本がどうなるのか、そんな話をしていたと考えると、楽しくなりました」

と、美咲はいったあと、

「菊地さんが木内宏栄さんのことを知りたいなら、これからも、私、いろいろと調べてみます。こう見えても、歴史が好きで、歴女《れきじょ》の一人なんですよ」

と、楽しそうに、電話の向こうで笑った。

3

菊地はその後、六甲にある木内えりかの実家に行き、死んだえりかの両親に会った。あらためて位牌《いはい》に手を合わせてから、

「実は、お父様の父上にあたる、木内宏栄さんのことに関心がありましてね。阪急電鉄の顧問弁護士だったということもあるし、太平洋戦争には反対の立場を取っていたため、特高に逮捕されたりして、最後は昭和二〇年八月の、間もなく終戦という時に、二度目の逮捕となり、そして亡くなられた。えりかさんと私は、大学の先輩・後輩なんですが、えりかさんから、お祖父様の木内宏栄さんのことを知りたい、阪急電鉄の顧問弁護士をしながら反戦活動をして、そのために命を落としてしまった、そんなお祖父さんのことを、誇りに思っていたらしくて、何とかして、伝記を出したい、そういわれていましてね。そのえりかさんが、あんなことになってしまって、私は、えりかさんのためにも、木内宏栄さんの伝記を出したいと、思っているんです。それで、何かこちらに、宏栄さんの資料がありましたら、見せていただきたいと思っているのですが」

と、菊地は、話を、少し作って、いった。

「父の宏栄の人生は、波瀾《はらん》に富んでいたと思います。たしかに、太平洋戦争には終始反対をしていましてね。若い人との座談会に出たりすると、遠慮なく軍部の批判をして、そのために二回にわたって特高に逮捕され、その二度目の時に、心臓発作を起こして、亡くなってしまったんです。そんな父の伝記を出したいというのは、私よりも娘のえりかが熱心で、家にあった父、木内宏栄の遺品は、写真も含めて全て娘のえりかのマンションに、運ばれてしまっているんです。ですから、そちらを見ていただければ、どんなものがあるか、わかると思います」

父親の木内宏之《ひろゆき》がいう。

「できれば、宏栄さんの書いた日記を、一番読んでみたいんですが、日記類も、えりかさんのマンションですか？」

菊地がきくと、宏之は、

「残念ながら、日記はもうありません」

「どうしたんですか？」

「二度目に特高に逮捕された時、特高の刑事が数名で押しかけて来て、父の書いたもの、あるいは父に関する多くのものを、持ち去ってしまったんです。そして、敗戦の時に全て、焼いてしまった、といわれています。ですから、私も何とか、父の書いた日記を読んでみたいと思っているんですが、残念ながらありません」

と、いった。

それは、菊地にとってもショックだった。もし、木内宏栄の書いた日記がないとすると、えりかは、何を本に書こうとしていたのだろうか。それが、わからなくなってしまうのだ。それでも菊地は、えりかの両親から鍵を渡されて、彼女が住んでいた同じ六甲のマンションに向かった。

菊地はこのマンションに、一回だけ来たことがあった。その時のことを思い出しながら、管理人に断わって、鍵を使い、中に入った。今はもう、警察もいない。

2LDKの、女性一人の住まいだとしたら、充分な広さのマンションである。壁には彼女が撮った阪急電鉄のポスター写真が何枚か掲《かか》げてあったが、彼女と祖父の木内宏栄とのツーショットの写真は一枚も見つからなかった。当然である。宏栄のほうは昭和二〇年の八月に亡くなっており、えりかはもちろん戦後生まれだからである。それに、いくら部屋の中を探しても、彼女の父の宏之がいっていた祖父の写真などは、見つからなかった。

昭和二〇年八月。二度目に特高に捕まった木内宏栄は、拷問されて亡くなったといわれているが、特高の刑事たちが木内宏栄に関する書類や日記、あるいは写真などを持ち去り、敗戦の時に、焼いてしまったという。

菊地は、部屋の真ん中に立って、二つの部屋を見廻《みまわ》した。えりかは東京の出版社に、自費出版を頼んでいた。どんなものかはわからないが、小説のようなものならば、原稿がこの部屋のどこかに置かれているだろう。しかし、小説とは思えなかった。一番、本にしやすいのは日記だが、父親の宏之の話によれば、特高の人間が押しかけて来て、持ち去り、戦争が終わった時に、それは焼かれてしまったといわれている。

すると、木内えりかは、どんな内容の自費出版をしようとしていたのだろう。それが、どうにもわからなかった。

菊地は、父親の木内宏之と話をしていて、死んだ木内えりかが、東京の出版社に頼んで出そうとしていたのは、祖父、木内宏栄に関する本だと確信した。

もちろん、最も出版したかったのは、祖父が太平洋戦争が始まった日から、最後の年、昭和二〇年の八月に死ぬまでに書いた、日記であろう。しかし、その日記は、祖父を逮捕し、死なせた特高たちが、押収《おうしゅう》し、焼却《しょうきゃく》してしまったという。となると、えりかが出版しようとしていたのは、やはり、祖父の知人などから聞いて作った、伝記のようなものなのか。

しかし、その原稿も見つからない。なくなった、私用パソコンに、入っているのかもしれない。

菊地は、再度、えりかの両親を訪ねて、木内宏栄の話を聞くことにした。録音するボイスレコーダーも持ち込んだ。

えりかの両親の年齢を聞くと、父の宏之は、八九歳。母の敏江《としえ》は七九歳。ぎりぎりだが、戦中の生まれである。

それで、宏之は、こういった。

「大学に入ってから、父、宏栄に興味があったので、そのころ、まだ生きておられた宏栄の知人、友人に、話を聞いて廻りました。特に、父が、昭和二〇年の八月に、特高の拷問で死亡したという噂《うわさ》について、真相を知りたかったのですが、関係者が、なかなか話してくれませんでした。ただ、父は、特高にマークされても、いっこうに志《こころざし》を変えず、陸軍の悪口を、いい続け、また、吉田茂さんの和平工作、講和活動に参加していたので、それが特高に憎まれて、二度も逮捕、訊問されたんだと思います。当時、宏栄と同じ拘置所にいた人にも、話を聞いたんですが、ドスン、ドスンと大きな音が聞こえたそうです。父の訊問に当たった特高の中に、大柄で、柔道四段の男がいたので、父を、壁に向けて、投げ飛ばしたのではないかと、いっていました」

「他にも、宏栄さんについて、聞かれたわけですか？」

「吉田茂さんの和平工作にも参加していましたから、その工作の生き残りの方にも、話を聞いています」

「宏栄さんの奥さん、あなたの母上は、戦後も長生きされていらっしゃったんですよね？」

「八二歳で亡くなるまで、元気でした。晩年まで、杖《つえ》を突いてはいましたが、ひとりで、旅行にも行っていました」

「それなら、宏栄さんのことを、いろいろと聞けたんじゃありませんか？」

菊地がきくと、宏之は、

「それがですねえ」

と、苦笑して、

「なぜか、母は、宏栄について、ほとんど、何も話してくれませんでした」

「なぜですか？」

「終戦の数日前に、突然、警察から宏栄の遺体が突っ返されたんです。心臓発作で死んだということでしたが、遺体には、何カ所も赤黒い内出血の痕《あと》があったといいますから、母のショックは、大変なものだったと思うのです。そのショックのために、父のことを話さなくなったのではないかと思うのです」

と、宏之は、いった。

宏栄の友人、知人からは、いろいろと話を聞けたが、肝心《かんじん》の母親から話を聞けなかったので、ある部分、ポッカリと穴が開いている感じだと、宏之は、いった。

それでも、菊地は、木内宏栄のわかっている部分の話を聞いた。

＊

木内宏栄は、明治一一年（一八七八年）に、神戸で生まれた。

明治三九年（一九〇六年）に東大法科を卒業した。当時の名称は、東京帝国大学法科大学法律学科である。

同じ年に、吉田茂が、同じく東大政治学科、東京帝国大学法科大学政治学科を卒業している。同窓生なのだ。

二年前の明治三七年（一九〇四年）に日露戦争が始まっているから、日露戦争の終わった直後の東大卒である。

木内宏栄は、卒業と同時にイギリスに留学している。当時は、日英同盟のころで、留学先はイギリスが多かった。夏目漱石《なつめそうせき》も、イギリスである。

帰国すると、東京で、大手の法律事務所で、弁護士として働くようになった。

昭和五年（一九三〇年）、神戸に帰って、自分の法律事務所を開いた。

このころ、世界恐慌《きょうこう》が起きた。

アメリカで始まった恐慌は、まず、株の大暴落だった。

鉄鋼、自動車などの主要産業が、たちまち減速し、企業倒産、失業者の増大につながった。

アメリカへの輸出に頼っていた日本経済は、その影響を、モロに受けた。

主要輸出品の生糸《きいと》が売れなくなった。売れても、一俵《ぴょう》（六〇キロ）が一二八八円だったものが、一俵五七四円に下落した。

対米輸出の総額は、九億円から、五億円になった。作っても売れないのだ。

合理化の名の首切りが始まった。街頭に放り出される労働者が、どんどん増えていく。

昭和五年の全労働者は、七〇〇万人といわれるが、失業者は二〇〇万から三〇〇万といわれた。

労働争議が頻発《ひんぱつ》した。

鐘紡《かねぼう》

東京市電

神戸市電

星《ほし》製薬

合同運送

京都バス

東洋《とうよう》モスリン

富士紡《ふじぼう》

一年に、二二八九件もの争議が生まれた。

弁護士の木内宏栄は、同僚とともに、積極的に労働者側に立って、戦った。が、多くは敗北で、首を切られた労働者は、家族を連れ、東京から、故郷へ帰っていった。

汽車賃がない失業者は、街道を歩いて帰ることになる。新聞は、その模様を、次のように書いた。

「東海道をトボトボと
郷里へ帰る失業者の群が、
妻や子の手を引いて歩いている
到るところに、哀れな情景が見える」

農村は、もっと悲惨だった。
昭和五年は、豊作だった。が、米価が暴落したのだ。
一石《こく》（一八〇リットル）四一・九円だったのが、二〇・六円と半値になった。
生糸が売れないから、農家の養蚕《ようさん》業も破綻《はたん》した。
農村は疲弊《ひへい》し、あの有名なポスターが、貼り出されることになった。

「娘身売の場合は、当相談所へ、御出《いで》下さい。
伊佐沢《いさざわ》村相談所」

困窮した小作農《こさくのう》では、実際に、娘の身売りが行なわれた。
青森《あおもり》県だけでも、昭和六年には、二四〇〇人の娘が、売られた。借金返済のためである。

完全な、政府の無策である。

木内宏栄は、同僚と東北の農村を廻り、政府弾劾《だんがい》の集会を開いた。そのため、警察に逮捕された。

相手は特高ではなく、一般の警察だが、これが初めての逮捕だった。

このころから、宏栄は、総合雑誌に、しばしば頼まれて、原稿を書き、発表するようになった。

右翼テロが起きるようになり、昭和五年一一月一四日、浜口雄幸《はまぐちおさち》首相が、東京駅で、午前九時発の特急「燕《つばめ》」に乗ろうと、四番ホームを歩いている時、民間右翼の佐《さ》郷屋留雄《ごうやとめお》に、腹を撃《う》たれた。

即死ではなかったが、浜口は入院し、外務大臣の幣原喜重郎《しではらきじゅうろう》が、首相代理になった。

これが、テロの始まりだった。

恐慌にテロ。

そんな時代に、木内宏栄は、弁護士として働いていたのである。

この時代に、彼が雑誌に発表した、いくつかの論文を読むと、彼の立場や、考え方、思想がわかる。

まず、潔癖《けっぺき》である。

反権力主義である。

間違った相手を、許さないところがある。

宏之は、当時の古い論文のいくつかを読んで、木内宏栄の人間像を作りあげたという。

「どんな強い相手にも、ひるまず戦う。しかし、相手を許さないところがあって、敵を作りそうだ」

これが、菊地の頭の中に、最初に生まれた、木内宏栄像だった。

昭和六年には満州事変が起きる。もちろん中国はそれを認めない。首謀者は関東軍の参謀石原莞爾だが、まだそのころには、宏栄は石原莞爾とは知り合ってはいない。

相変わらず右翼テロが起きていて、昭和七年には、犬養毅《いぬかいつよし》首相が、問答無用で撃たれてしまった（五・一五事件）。日本と中国との関係が、次第に険悪になっていった。上海《シャンハイ》でも、日本海軍の陸戦隊と中国軍が小競《こぜ》り合《あ》いを起こしていく。二国間は、さらに強硬姿勢となり、内田康哉《うちだこうさい》外務大臣は、次のように発表した。

「満州国を正式に承認する。この問題のためには、挙国一致《きよこくいつち》、国を焦土《しようど》としても、この主張を貫徹することにおいては、一歩も譲らない決心を持っている」

これが当時の外務大臣の声明だった。満州国については絶対に譲れないし、自分から引き返せなくしてしまったのである。そして、昭和八年には、日本はこの問題によって、国際連盟を脱退してしまった。

このころから日本の内外で危険な兆候が現われてきた。国内でいえば、美濃部達吉《みのべたつきち》の「天皇機関説」の排斥《はいせき》である。

「天皇もまた日本という機関の一部である」

という、まっとうな理論が、大正時代には受け入れられたのに、昭和に入るとともに、なぜか天皇を絶対君主扱いにした。そして、天皇機関説は、日本という国体に合わないとか、あるいは、美濃部達吉は学匪《がくひ》である、とかいう声も大きくなっていった。学匪とは、学問を悪用する者である。

美濃部の天皇機関説を非難し、大学でも間違っているといい、そして陸軍も反対した。そしてとうとう、美濃部達吉と天皇機関説に賛成する教授たちは、大学を追われてしまった。

世界に眼を向けると、ヒットラーに率《ひき》いられたナチスが台頭《たいとう》してきた。首相になり、強大な軍隊を作り、それを力にして、領土の拡張を狙《ねら》っていた。その勇ましさに、日本でもドイツやあるいは同じファッショの国、イタリアのムッソリーニと三国同盟を結ぼうという声が強くなっていった。このころはまだ、三国同盟に反対する力もあったので、ある雑誌では、「三国同盟と日本」という題名で討論会を開いた。

三国同盟に賛成する学者と陸軍の若手。三国同盟に反対する立場の人間として、外務次官だった吉田茂、それにたびたび雑誌に原稿を載せていた木内宏栄が、出席することとなった。その時に、宏栄は初めて後に外務大臣になる吉田茂と顔を合わせ、東大時代の同級生であることを確認した。その時から、二人は親しくなっていった。どちらも、イギリスは信頼できるが、新興のドイツやイタリアは信用できない、ということで一致していた。

しかし、その座談会に出て、三国同盟に賛成する陸軍を批判したことが仇《あだ》となり、神戸にあった事務所が右翼の青年に襲撃され、爆弾を投げつけられ、負傷した。それを見て、当時すでに、阪急電鉄の社長になっていた小林一三が、阪急電鉄の顧問弁護士にならないかと勧《すす》めてくれた。その時から、宏栄は阪急電鉄と阪急グループとの顧問弁護士のひとりとなった。

そのころ、木内宏栄は若者との対談を好んだ。老人たちは頼りにならない。頼れるのは若者たちだと考えて、何かと政治経済の問題を選んでは、若者たちを集めて議論した。

　昭和一四年（一九三九年）。吉田茂が三国同盟にあくまでも反対し、日中戦争にも反対したため、外務省から追放された。そんな吉田茂と、木内宏栄は、時々会うようになっていった。宏栄も日中戦争には反対だったし、あくまでもイギリスは信頼できるが、ドイツ、イタリアは信頼できないという信念を持っていたからである。

　しかし、日本は、宏栄や吉田茂の心配をよそに、三国同盟に調印し、さらに昭和一六年（一九四一年）、太平洋戦争に突入した。緒戦は景気がよかったが、次第に日本は追い詰められていき、昭和二〇年になると、日本全土がB29による爆撃を受けるようになった。そして、宏栄が信頼していた若者たちが、特攻で死んでいった。それが何とも無念で、若者の集まりに呼ばれた時、つい軍部を、特に陸軍を批判した。

「日本の軍部、特に陸軍は何かというと決戦決戦という。しかし、決戦というからには、勝たないと意味がない。決戦のたびに玉砕《ぎょくさい》していたのでは、本土決戦といっても、信頼できない。そろそろ国家として今後どうするかを、考え直すべきではないのか。いたずらに若者を特攻として死なせていけば、日本の将来は暗澹《あんたん》たるものだろう」

と、若者に向かって喋った。当然、それは警察、特に特高が聞きつけて、たちまち木内宏栄は逮捕されてしまった。

逮捕された木内宏栄は、特高によって連日拷問を加えられていたが、阪急電鉄の社長をしていた小林一三が、軍の上層部に手を廻し、何とか宏栄の保釈をしてくれた。しかし、弁護士としての仕事は禁じられ、仕事を失った木内宏栄を、小林一三は、立命館大学の講師に推薦してくれた。臨時講師である。

昭和二〇年三月。臨時講師として立命館に行くと、そこに来ていたのが、石原莞爾だった。石原も、東條英機に反対したため、現役を退かされ、予備役に廻されていた。こちらも無職状態である。なぜか石原莞爾もかつて、立命館大学の講師だったという縁で、たまに、姿を見せるようになっていた。

すでに学徒動員が始まっていて、大学も休校状況で、立命館大学の講師という肩書はもらったが、教える学生がいないので、大学へ行っては、ただひたすらに時間をつぶしていた。宏栄と石原の二人はそこで、今後の日本について、しばしば意見を交わした。

もともと、木内宏栄は、軍人が嫌いだった。石原莞爾は、日中戦争に反対だった。それは宏栄も知っていたが、引き金になった満州事変を起こしたのも、石原莞爾であ

る。だから、初めて、大学で顔を合わせた時には、遠慮なく、

「あなたの作った満州国が、太平洋戦争の引き金になったんだ。責任者だよ」

と、ずけずけと、いった。すると、石原莞爾も笑って、

「そのとおりだ。あのころは、第二次大戦が必ず起こると考え、日本はそれに巻き込まれる。日本の貧弱な資源では、総力戦は戦えない。日本の周りを見れば、満蒙《まんもう》しかない。満蒙の資源が手に入れば、何とか戦えると考えて、まず、満州を占領した。だから、第二次大戦で、日本が敗《ま》けないための、唯一《ゆいいつ》の方法だったんだ」

と、石原は正直にいった。

「でも、満蒙には、石油は出ないでしょう。現代戦には、勝てませんよ」

宏栄は、意地悪くいうと、石原は、とんでもないことをいった。

「その時には、中国がある」

「中国も、占領するんですか？」

「中国は占領はしない。すぐ、軍を引きあげる」

「それで、どうするんですか？」

「中国には、七億の民がいる。彼らに頭を下げて、一人一ドルの献金をお願いする。七億人で七億ドルだ。それで、石油を買えば、第二次大戦に必要な石油は、手に入

る」

「よくわかりませんね」

「どこがわからないんだ？」

「頭を下げて、お願いしたって、中国七億の民は、われわれに、一人一ドルの献金はしてくれませんよ」

「それは、現在の日中関係を考えるから、そんな否定的なことを考えるんだよ。私が満州事変を計画したころは、中国全土を、匪賊《ひぞく》のボスたちが、勝手に分割、占領して、民衆から、税金を集めていた。私が殺させた張作霖《ちようさくりん》だって、そんな匪賊のボスの一人だ。私のいたころの関東軍なら、一カ月で、中国全土の匪賊を一掃できた。そうすれば、長年、匪賊たちに苦しめられていた中国民衆が、日本軍に感謝する。そこで一人一ドルの献金をお願いすれば、喜んで献金するよ。七億ドルだ。そして、中国から、撤退する。どうだ。これを、戦争をもって、戦争を養うというんだ」

石原が、ニヤッと笑う。

自嘲《じちよう》のような笑いだった。

「しかし、もう駄目《だめ》ですね」

と、宏栄は、いった。

「ああ、もう遅い」

「日本は、敗けますよ」

「もう敗けている」

「満州は、どうなるんです？　あなたは、王道楽土《おうどうらくど》の建設と、いっていたが、満州から帰ってきた人たちに聞くと、とても王道楽土とはいえないと、いっていましたよ。日本人が、やたらと威張《いば》っているんじゃありませんか」

「わかってる。あれは、失敗だった。しかし、私は、あの大地に夢を抱《いだ》いていたんだ。五族協和《ごぞくきょうわ》の夢の国のだよ」

「どうして、失敗したんですか？」

「満州を作って、そこに五族協和、日本人・朝鮮《ちょうせん》人・漢《かん》人・満州人・蒙《もう》人の国を作ろうとして、もちろん主力は日本人のつもりだったのに、いざ満州の開拓となると、日本人は、悪い日本人だけが入って来る。一番優秀だったのは、漢人だった。それを見て、私は、日本人が主力となるような満州では、駄目だと思ってね。それで、五族協和を願ったんだが、そうならなかった」

「それで、これから日本はどうなると思いますか」

と、宏栄があらためてきいた。

「間違いなく、日本は敗けるよ。もっと早く、和平を進めなければ。それに、東條が邪魔をしたから、私の知っている若手の軍人が、東條の暗殺を計画したが、失敗した。しかし、間もなく終わる。それだけは間違いない」

と、石原は、いってから、

「君は、どう思っているんだ？」

と、宏栄にきいた。この時、「ポツダム宣言」が発表されていた。連合国側が、日本の降伏の条件を発表したのである。

日本の総理大臣は、ただちに黙殺《もくさつ》した。

「黙殺は駄目だ」

宏栄が、いった。

「和平の条件を、連合国側が提示してくれたんだから、それを受け入れるかどうかを、冷静に考えるべきだと思う。このまま戦争を続ければ、日本全土は焦土となってしまう。全国民特攻だなんていっているが、そんなことができるはずはない。たしかに降伏するのは悔しいが、だからといって、連合国が日本国民を滅《ほろ》ぼそうとするとは思えない。そんなことをしたら、連合国側だって、多くの人間が死ぬことになるだろうし、金だってかかる。それを考えれば、あの『ポツダム宣言』に示された和平条件が、それほどひどいとは思わないから、降伏して、すぐ再建にとりかかればいい」

と、宏栄はいった。石原は、

「私も『ポツダム宣言』は受諾《じゆだく》すべきだと思うが、君ほど安心はできない。一応、『ポツダム宣言』を読むと、寛大《かんだい》な言葉は並んでいるが、所詮《しよせん》は連合国の軍隊が、日本を占領するんだ。軍隊というやつは、時には平気でひどいことをするからね。一応、そのことを覚悟しておいたほうがいい」

「それは、あなたの経験ですか？」

つい、宏栄が皮肉をいうと、石原は笑って、

「私は、満州を作ったけど、その後、東條とケンカして、予備役に廻されてね。太平洋戦争は、戦っていないんだ。戦争のほうは、話を聞けば、だいたい想像がつくが、戦闘のほうはわからない。それが残念なんだ。現実に、若者が、どんどん死んでいくのに、体感できないからね」

「石原さんは、日本の若者を信用していますか？」

と、宏栄は、最後にきいた。

満州事変を引き起こした時、石原中佐は、今よりずっと、若かったのだ。今、若者は、特攻で、どんどん死んでいく。

石原の表情が、きつくなった。

「もちろん、信用している。今の日本で、若者以外は、信用できないよ。特に年老いた政治家や軍人たちは、ね」

これまでも、宏栄は、たまに、大学で、石原と会って、会話していた。

石原は、時には、激しい口調で、今の軍部を批判したが、時には、疲れきって、ほとんど、喋らなかった。

（病気らしい）

と、思ったが、きけば、否定するに決まっていた。

何をすることもなく、ただ、大学へ来て、宏栄と話をするのを楽しみにしているように、見えたからである。

陸軍始まって以来の天才と、呼ばれた男である。関東軍参謀時代、中央の心配を他所《よそ》に、満州国を作った男である。

それが、自分を追い出した軍部を批判することしか、できない。言葉は、激しさを増していくが、それしかできないことに、いらだちを強くしているか、黙《だま》ってしまう。

（軍人は不自由なものだな）

と、思ったが、宏栄と話をするのが、楽しいらしく、誘えば、必ず、会いに来た。

ペラペラの一枚だけの新聞には、特攻の記事と、特攻隊員の写真しか載らなくなった。他に知らせる記事が、ない感じだ。

「神鷲《かみわし》」「若鷲」「軍神」の言葉の羅列《られつ》と、若い特攻隊員の笑顔の氾濫《はんらん》。口一文字《くちいちもんじ》の怖い顔は一つもない。

拾った子犬を囲んで、全員がニコニコ笑う。送られた人形を抱いて、最後の日を送る隊員の笑顔。

誰も彼もが、ニッコリ笑っているのが、かえって痛ましい。

「こんな若者を死なせたら、もう終わりだよ」

と、石原は、悲しそうな顔をしたあと、

「明日、鶴岡に戻る」

と、いった。

「命令が出たんですか？」

「こんな無力な男でも、ウロチョロしていると、目ざわりらしい。特高の指示だろう」

「もう会えませんか？」

「戦争が終われば、会える。いや、私は、戦犯で逮捕されるかな。何しろ、満州国を作った男だから」

と、いってから、

「あんたも、注意したほうがいい。私と会ってる時、ずっと監視されていたからね。私を監視しているのかと思ったが、あんたを監視していたのかもしれないからな」

「特高ですか？　一度、逮捕されましたよ」

「連中は、しつこいからな。私も、予備役編入後も、ずっと監視がついている。あんたも、一度、捕まったあとも、政府や軍を批判しているから、憎まれているはずだ」

と、石原は、いった。

石原の警告は、的中し、木内宏栄は、八月上旬、特高に、再び、逮捕された。

一度逮捕したのに、懲《こ》りずに反政府、反軍運動を繰り返したことで、特高は、宏栄に対して、怒りと憎しみを抱いていた。

訊問するための逮捕ではなかった。痛めつけるための逮捕だった。

五日間、痛めつけて、八月一〇日の夜、木内宏栄は死んだ。

彼の遺体は、妻と、阪急電鉄の弁護士が、引き取った。

特高は、訊問中に、心臓発作を起こして、死亡したと、説明した。しかし、遺体を裸にすると、体中にアザがあり、右腕は骨折して、肋骨《ろっこつ》も折れていた。

小林一三は、それを見て怒り、宏栄の妻は泣き伏した。

4

菊地は、そうした話を、宏之に聞き、小林一三の書いたものから知った。石原莞爾とのエピソードは、小林の日記で知った。

木内宏栄が、雑誌に書いたものは、国会図書館で、古い雑誌を読んで知った。古い新聞にも、眼を通した。

戦後生まれの菊地は、木内宏栄という人間を知ることも楽しかったが、同時に、当時の世相が、わかることも楽しかった。

戦争に突き進む日本。

失業と、人身売買の日本。

テロが続く日本。

そんな暗い日本だが、その一方で、やたらに明るい世相の日本もあったのだ。

モボ（モダンボーイ）、モガ（モダンガール）の闊歩《かっぽ》する銀座《ぎんざ》。

銀ブラと、エログロナンセンス。

映画の時代でもあった。

小津安二郎《おづやすじろう》は、「大学は出たけれど」を作り、「西部戦線異状なし」「黄金狂時代」「巴里《パリ》の屋根の下」といった外国映画に、若者は、夢中になってもいたのだ。

歌のほうでは、古賀《こが》メロディが流行した。「酒は涙か溜息《ためいき》か」がヒットしたが、同時に、同じ古賀の「丘を越えて」の軽《かろ》やかなメロディもヒットした。

こうした、エピソードからみて、木内えりかは、祖父木内宏栄の本を出そうと、考えていたのだろうか。

何とか一冊の本は、出るだろう。しかし、そのために誰が、何のために、木内えりかを殺すのか。

5

美咲から、電話が入った。

「新しいニュースを、お知らせします」

と、芝居《しばい》がかった声で、いう。

「木内宏栄についてのニュースか？」

「そうです」

「今、彼のことを調べてるんだ。だから、彼のことなら喜んで聞くよ」

「昭和一三年から一四年に、天津乙女《あまつおとめ》を組長にした宝塚歌劇団が、ヨーロッパ公演に行っています」

「次の昭和一五年なら、皇紀《こうき》二六〇〇年で、日本中が、祝賀ムード一色だった。それと木内宏栄と、どんな関係があるんだ？」

「日本全体は、軍事色一色で、三国同盟に加わったり、さらに、翌一六年に、太平洋戦争が、勃発《ぼっぱつ》するんですが、そんな時代でも、木内宏栄は、軍部の批判を止《や》めないので、右翼に狙われていました。それを心配した阪急電鉄の小林社長が、ヨーロッパに逃がしたんです」

「証拠はあるのか？」

「『ザ・宝塚』という月刊誌が出ているんですが、昭和一五年の雑誌に、木内宏栄が、宝塚のヨーロッパ公演に同行取材して、記事を書いているんです。そのコピーを手に入れたので、すぐ送ります」

と、美咲が、いった。
その公演記録と、写真が、一緒に送られてきた。
ドイツのベルリン
ポーランドのワルシャワ
イタリアのローマ
これらの都市の公演である。
菊地は、その写真に添えられた、木内宏栄の記事を読んだ。タイトルは、「戦争より平和」だった。
「最近の新聞は、勇ましい戦争の記事であふれている。中国の首都南京《ナンキン》を占領して以来、戦争につぐ戦争である。連戦連勝と景気がいいが、冷静に考えれば、戦死者は出ているし、戦費も莫大《ばくだい》だ。それなのに、軍人たちは、次は、アメリカだ、ソビエトだと、やたらに勇ましい。中国と戦争中に、アメリカと戦えば、自殺行為だ。アメリカとやりたければ、まず、中国との戦争を止めるべきだが、それでも危ないのである。
そんな時代に、日本の宝塚歌劇団の少女たちが、ヨーロッパ公演に来ていて、私も同行取材させてもらっている。

　これは楽しい。戦争の匂いもなく、どこの国、どこの人々も歓迎してくれる。

ベルリンでは、新聞が公演をこう書いた。

『二時間というもの、われわれは、酔わされ続けた。何といったらいいのか。日本の魂《たましい》の片鱗《へんりん》が、その息吹《いぶき》が、われわれに迫って来るのだ。神秘に満ち、この世のものとも思えぬほど愛くるしく、耳をそばだたせるほど、異国的でありながら、その本質については、びっくりするほど身近なのだ』

　今、私はつくづく思う。

中国との戦争をただちに止めて、中国にもアジアにも、アメリカにも、宝塚歌劇団を送り出すべきである。そうなれば、無理に国力を誇示するような戦争をしなくても済むのだ」


　これが、一年後に、太平洋戦争を迎える時代の、木内宏栄の言葉である。

しかし、依然として、木内えりかが、どんな内容の自費出版をしようとしたのか、わからない。

木内宏栄の半生は、当時の政府、軍部批判であふれている。しかし、七〇年以上も前の話である。

そんな昔話で、孫の木内えりかを殺そうとする人間が、いるだろうか?

第四章　合同捜査

1

木内宏栄の日記が昭和二〇年の八月に、特高《とっこう》によって焼却《しょうきゃく》されていることは間違いないと、菊地にもわかってきた。それでもなお、木内えりかが出版しようとしていたものは、木内宏栄の日記のようなものに違いないという確信も、逆に強くなってきた。

問題は、焼却された日記を、どうやって、えりかが自費出版しようとしたのか、どうしてそれが可能だと考えていたのか。それが菊地には謎だったのだが、いろいろと調べてきて、少しずつだが、木内えりかの考えがわかってきた。それは、吉田茂と石原莞爾の二人と親しかったことの他、木内宏栄が阪急電鉄という会社の顧問弁護士だが、同時に、小林一三社長個人の弁護士でもあることと関係している。小林一三の膨大《ぼうだい》な日記は有名だし、吉田茂の、これも膨大な回想録がよく知られている。この二つの中に、木内宏栄の言動が、当然出てくるだろうという期待もある。

三人目の石原莞爾は、予測が難しい。何しろ、日本陸軍始まって以来の天才といわれ、同時に、人の好き嫌いが激しいことでも知られている。が、木内宏栄は、臆《おく》することなく政府、軍人を批判してきた。そんな木内を、石原が嫌いなはずはない。とすれば、何冊も出ている石原莞爾本の中に、必ず、木内宏栄のことも書かれているはずである。

こう考えれば、この三人の日記や自伝や、関係本を読んでいけば、自然に木内の言動も、具体的に見えてくるのではないか。そして、木内えりかも、菊地が考えたような手段で、失われた日記の代わりになるような、祖父木内宏栄の言動を集めていたのではないだろうか。

もう一つ、菊地が見つけたものがあった。太平洋戦争中、歴史好きの男女二〇人から三〇人で、『日本歴史研究』という一種の同人雑誌を出していた。それに木内宏栄も参加していたのである。ただ、編集長は木内宏栄ではなくて、長谷川拓《はせがわたく》だった。長谷川拓の父親は、有名な民間右翼・長谷川武史《たけし》で、拓はその次男だった。木内宏栄は、この雑誌『日本歴史研究』の同人時代、〝広田栄《ひろたさかえ》〟のペンネームを使っていた。その二つの理由で、同人の木内は、警察にマークされにくかったのである。

その雑誌『日本歴史研究』は、二〇人から三〇人の同人たちの中に、戦後も大切にとっておいた者もいたから、今でも読むことができた。

たぶん、木内えりかも、そのことに気がついて、『日本歴史研究』という雑誌を読んでいたのだろう。この、いくつかの幸運によって、木内えりかは、祖父のなくなった日記の代わりに、戦争中の祖父の行動や言葉などを、集めることができると考えたに違いない。

そこで菊地も同じようにすることに決めたのだが、それを阻止《そし》しようとする事件が起きた。

その日、五月一〇日、連休が終わって間もない日である。

東急東横《とうよこ》線自由《じゆう》が丘《おか》駅の近くに小さな公園がある。近所のマンションや団地に住むサラリーマンたちは、朝、その公園を横切って自由が丘駅に向かう。しかし、連休が終わったばかりの早朝は、公園に人の姿はなかった。代わりに、近くの老人が犬を連れ、その公園の中を散歩していた。

午前五時。すでに周囲は明るくなっているが、サラリーマンたちの姿はない。その時、急に犬が駆け出した。慌《あわ》てて老人が、犬を追った。

犬が急に立ち止まり、吠《ほ》え立てる。

ほっとして犬のそばに近づいた老人は、若い女性がうつ伏せに倒れているのに、気がついた。声をかけても反応がない。

老人はすぐ、携帯で一一九番と一一〇番を両方押した。倒れている女性が、生きているのか死んでいるのか、わからなかったからである。

五分後に、地元警察のパトカーと、近くの消防署から救急車が、駆けつけた。まず、救急隊員が倒れている女性を仰向《あおむ》けにし、脈を診《み》て、心臓を調べた。そして、ほとんど間を置かずに駆けつけて来たパトカーの警官に向かって、首を横に振った。

「もう、亡《な》くなっています。死後約五時間でしょう」

と、救急隊員は、警官に向かっていった。

身分証明証のようなものは身に付けていなかった。バッグなども見つからなかったので、最初は名前も住所もわからなかったが、腕時計の裏にあった文字で、名前と職業が、すぐわかった。

「第〇〇回　Nカメラ S賞受賞者　津村美咲殿」

と、刻印されていたからである。

警察の初動捜査班は、すぐに雑誌『Nカメラ』に連絡して、腕時計の刻印を確認し、津村美咲が現在、二五歳のカメラマンであること、そして四谷《よつや》三丁目のマンションに住んでいることがわかった。また、津村美咲は、阪急六甲駅で木内えりかが殺された時、関係者の菊地実の取材に同行していた。司法解剖《かいぼう》の結果、裂傷と、首を絞《し》められた痕《あと》があるとわかり、殺人事件と断定され、捜査一課の十津川班が、この殺人事件を担当することになった。

初動捜査班から話を聞く。その後、病院へ行って、死体を確認した。首を絞めた痕が、はっきりと確認された。問題は、住所が自由が丘の近くではないことだった。とすれば、近くの家か会社を訪ねる途中だったのか。または帰る途中だったのか。それがわからず迷っていた捜査本部に、菊地実から電話が入った。

2

「菊地さんに、こちらから連絡しようと思っていたんですよ」

十津川がいうと、菊地が、

「これから、そちらへ行きますよ」

と、いう。すぐ電話が切れてしまって、時間がかかるのかと思っていると、三〇分もしないうちに菊地が、現われた。

新大阪からの新幹線の中で、電話したのだという。十津川にとって菊地は、大学の先輩である。しかし、会うのは初めてだった。

「津村美咲さんが殺されたのは、ご存じですね」

十津川がきくと、

「ニュースで知ったんで、急いでこっちへ来たんですよ」

「犯人の想像はつきますか？」

「確信はないが、殺された原因は、私にあるような気がする」

菊地がいった。

「菊地さんの置かれた状況については、兵庫県警から話を聞いています」

十津川がいうと、菊地は小さく笑って、

「一時は私が、木内えりか殺しの容疑者にされた、いや、今も容疑者になっていると思う」

「菊地さんが今、何を調べておられるのか、まずそれからおききしたいんです。それと、今回殺された津村美咲さんとの関係です」

と、十津川が冷静な口調でいった。

「私もそれを話そうと思って、急きょ神戸からこちらへやって来ました」

と、菊地はいい、四月一〇日、カメラマンの津村美咲を連れて、阪急電鉄の取材に行ったところから、話を始めた。

その仕事の裏で、菊地は久しぶりに会う木内えりかとのデートを、楽しみにしていた。ところが、翌日の一一日、木内えりかが菊地との約束の場所に行こうとして、阪急六甲駅のホームで殺されてしまったのである。

当然、菊地は兵庫県警から容疑者扱いもされたが、菊地自身も自分で木内えりかを殺した犯人を、見つけ出そうとしているのだ。まず、犯人の動機である。

(これは間違いなく、彼女が、東京の出版社に頼んで、祖父木内宏栄の日記に書かれていたようなことを、自費出版しようとしていたことに関係がある)

と、考えた。しかし調べていくと、木内宏栄は、昭和二〇年八月に、兵庫県警察部特高課に二度目の逮捕にあい、拷問《ごうもん》の末、亡くなっていた。その時、彼の書いた日記も押収《おうしゆう》されて、特高課が焼却したとわかってきた。

とすれば、木内えりかはどうやって、祖父の日記の内容を、知ったのだろうか。

「それを調べていくとだね」

菊地は、十津川が大学の後輩ということもあってか、少しばかりざっくばらんな言い方をした。

「戦争中、特に昭和二〇年ごろ、木内宏栄は、吉田茂や石原莞爾と親しくしていた。とすれば、吉田茂の回顧録や、石原莞爾についての本もたくさん出ているから、その中に当然、この二人と木内宏栄の関係がわかるような、文章が出てくるに違いない。木内えりかは、それを集めていたんじゃないか。集めて、祖父木内宏栄の日記を再構築していたのではないのか。そんなふうに考えたんだ。そしてもう一つ。木内宏栄が戦争中に、『日本歴史研究』という同人雑誌のような雑誌のメンバーになっているということも、わかった。編集長は長谷川拓といって、民間右翼の長谷川武史の次男でね。そういう人間が編集していた雑誌だから、特高も潰《つぶ》そうとしなかった。この雑誌の同人だった木内宏栄は、本名ではなく広田栄というペンネームで寄稿していた。それがわかったので、何とかして、この『日本歴史研究』という雑誌を見つけ出して、眼を通したいと思った。問題なのは、この『日本歴史研究』というのが戦後すぐ、GHQによって、発禁になっていたことだ。これは明らかに、編集長の長谷川拓が、民間右翼の大物、長谷川武史の次男だということに絡《から》んでいる。したがって、誰が、今も、戦争中のこの雑誌を持っているのかがわからなかった。ただ、同人の名前はわかっている。もちろん、彼らのほとんどは亡くなっているんだが。その子孫というか孫は健在だから、その中の誰かが、この古い雑誌を持っているんじゃないか。それを調べていた。津村美咲にも、その半分を調べてくれと、頼んでいたんだ。そのために、彼女が殺されてしまったんじゃないかと、本当に申し訳ない気持ちになっている」

　菊地は、津村美咲に頼んでいた、昔の『日本歴史研究』の関係者の名前と、住所を書いたメモを、十津川に渡した。

　そこに書かれていたのは、一〇名の関係者の名前と住所である。もちろん、この同人のほとんどが、亡くなっている。

「津村美咲さんは、亡くなる前に、何か菊地さんに連絡して来ていましたか？」

　十津川は、きいた。大学の先輩、それもかなり先輩なので、どうしても言葉遣《づか》いが丁寧《ていねい》になってしまう。

「一回だけ電話があった。亡くなる一日前だよ。結局、この一〇人は一〇人全部が死んでいたんだが、彼女は電話で、〝この中の一人の、お孫さんと、連絡がとれた。何冊か戦争中の『日本歴史研究』を、とっておいてあるので、それを確認しに行ってみます〟と、いっていたんだ。ただ、そのお孫さんの名前は、いわなかった」

「なぜいわなかったんでしょうか」

「たぶん、自信がなくて、相手の名前をいわなかったのか。私としては、『日本歴史研究』という雑誌に木内宏栄がペンネームで原稿を書いていた、それが載《の》っている雑誌を読みたいんだ。あるいは同人たちが、広田栄について、書いたものを読みたいんだ。したがって、木内宏栄の書いたものか、彼についての記事が載ってないようなものなら、私には価値がない。だから、それを確認したくて、津村美咲は、相手の名前をいわなかったことも、考えられるね」

と、菊地がいった。

「問題の雑誌ですが、国会図書館にはないんですか？」

横から、亀井《かめい》がきく。

「残念ながらありません。現在出版される本や雑誌などは、全て国会図書館に寄付することになっていますが、何しろ戦争中ですし、それも戦争末期で、東京などの大都市が、B29の爆撃で、ほとんど焦土《しょうど》となっている時代ですからね。当時、この雑誌の同人は、二〇人から三〇人いたんですが、その半分以上の家がB29の爆撃を受けて、焼失しています。もちろん、その時に、当時出していた雑誌も焼けてしまっているわけです。だから、探すのが難しいんですよ」

と、菊地がいった。菊地の口調も、少しずつ、丁寧になっていく。たぶん、自分の置かれた立場が、わかってきたからだろう。

そうした変化に、十津川も苦笑して、

「申し訳ありませんが、こちらの事件でも、菊地さんは、いちおう容疑者の一人ですよ。津村美咲さんが殺された時刻のアリバイを、きかなければなりません」

と、いった。

菊地は苦笑して、

「その覚悟は出来ている。彼女が殺された時刻に、私は神戸にいたから、アリバイはあるはずだよ。これで、一連の事件は、警視庁と兵庫県警との、合同捜査になるんですか？」

と、きく。

「たぶん、そうなるでしょうね。今、菊地さんの話を聞くかぎり、犯人の動機は、神戸の場合も、東京の場合も、木内えりかさんが、本にして出そうとした、祖父・木内宏栄さんの日記にあるような気がしますから」

と、いった十津川は、続けて、

「捜査に入ったばかりですが、今までにわかったことをお知らせします。被害者、津村美咲さんの住まいは、四谷三丁目のマンションで、自由が丘駅周辺ではありません。したがって、誰かに会いに来たのか、あるいは、会っての帰りなのか。どちらかの途中で、犯人に殺されたものと、考えられます。彼女が持っていたと思われるスマホも、身分証明証も見つからないので、これらは犯人が持ち去ったものと、思われています。一時的にしろ、犯人は津村美咲の身元がわからないようにしたかったと、考えざるを得ません。死因は、背後から首を絞められた扼殺《やくさつ》です。しかし、その前に、後頭部に裂傷がありますから、犯人はいきなり背後から殴《なぐ》り、その後、首を絞めて殺したものだと、考えられます。津村さんの身長は、一六五センチ。ですから犯人は、それより一〇センチ以上背の高い、かなり腕力のある人間と思われます。現在、自由が丘の駅員たちに、話を聞いていますが、津村美咲が駅で降りたのを見聞きした、という証言はありません。終電車近くなっても、通勤客などで賑《にぎ》わう駅ですから、駅員が津村美咲のことを覚えていなくても、不思議《ふしぎ》はありません」

さらに、

「何時ごろ、自由が丘駅に降りたかということは断定できていません。これは、今までに調べたことで、現在、捜査員が津村さんのマンションに向かっていますから、何かわかるかもしれません。これが、今のところ、わかっている全てです」

と、十津川はいい切った。そのあと、

「菊地さんは、津村美咲さんのマンションに、行ったことがありますか？」

と、きいた。

「今回の取材の件が始まってから、阪急電鉄の取材に行く前に一度、『日本歴史研究』という雑誌について、調査を頼む時に一度。この二回、行っている」

「それなら、これから私と一緒に行ってもらえませんか？　今もいったように、刑事たちが、マンションの捜査に行っていますから、あなたの記憶が、役に立つかもしれません」

と、十津川がいうと、

「もちろん、すぐ行きたい」

と、菊地が応じた。

3

十津川と菊地が、四谷三丁目に着いた時には、すでに津村美咲の部屋の捜査は、始まっていた。

二五歳独身の女性の部屋にしては、ゆったりと広い。菊地は、二つの部屋やベランダなどを見て廻《まわ》ってから、

「前に来た時と、ほとんど変わらないですね」

と、いった。

「ということは、犯人は、津村美咲を殺した後ここへ来て、何かを持ち去ったことはない、ということですね」

「そう思います。壁の写真もそのままだし、机の上のパソコンも、そのままありますから」

と、菊地がいった。

十津川は、パソコンをオンにして、そこに入っているデータを、見ることにした。最近、消去した形跡はないようだ。次から次へ、パソコンに入っている文章や写真などが、出て来る。

そばで、覗《のぞ》き込んでいた菊地が、

「あっ」

と、叫んだので、反射的に、十津川は画面を止めた。止まった画面には、字が並んでいる。

「『日本歴史研究』八冊。昭和一九年～二〇年。自由が丘駅から歩いて一〇分のところに、小公園あり。夜一一時～一一時半まで、スマホを持って待機すること。Nから、雑誌『日本歴史研究』八冊を持って会いに行くと連絡。この件が漏《も》れたら、取引きは中止になる」

画面には、それら以外にも、文字が、並んでいた。

永井直人《ながいなおと》、という名前。住所は目黒《めぐろ》区自由が丘三丁目〇番地。電話番号も出ている。

『日本歴史研究』の同人にも、永井という名前が、あった。

「いちおう、電話してみましょう」

「しかし、この永井直人という人が、犯人の可能性は低いですね。わざわざ、自宅の近くで、殺人を犯すはずがない」

そういいながらも、十津川は、自分の携帯を使って、Nこと永井直人に、電話をしてみた。

若い男の声が、出た。

「永井です」

と、いう。

「こちらは、警視庁捜査一課の、十津川といいますが、自由が丘駅近くの小公園で、今日早朝に、女性が殺されて発見されました。女性の名前は、津村美咲、二五歳です」

「そのニュースなら、午後のテレビで見ましたよ。しかし、私とは、関係ない」

と、永井がいった。

「永井さんは、この津村美咲さんに、電話をしませんでしたか？」

「なぜ、私が、その津村という人に、電話をしなければいけないんですか？　全く、知らない名前ですよ」

と、いった。

「あなたのお祖父《じい》さん、永井勝行《かつゆき》さんは戦争中、『日本歴史研究』という雑誌の、同人になっていましたね」

「そんなこともあったかもしれませんが、私が生まれた時には、すでに亡くなっていましたから、祖父について、ほとんど知りません」

と、永井がいった。

「津村美咲さんから、電話がかかってきたことはありませんか？」

十津川がきくと、

「ちょっと待ってください」

と、いい、すぐ、

「ありました。津村美咲、それから携帯の番号も表示されています」

「その時、あなたと、どんな話があったんですか？　どんなことを話したんですか？」

「いや、話はしていません。私は、一週間に一回、自由が丘にあるスポーツジムに行って、一時間ほど、ストレッチをやった後、そのジムにあるバスで、ゆっくりと体をほぐすんですよ。私がバスに入っている時に電話があって、それが留守電モードになっていたんです。今、それを思い出しました。今いったように、津村美咲という名前と、それから携帯の番号があって、〝あなたのお祖父さんの、永井勝行さんについて、ぜひききたいことがあるので、お電話をいただけませんか〟、そう、入っていました。しかし、電話はしていませんよ。今もいったように、祖父は、私が生まれる前に死んでしまっているし、ほとんど、知りませんからね。きかれても困ると思って、電話しなかったんです」

と、永井直人は、怒ったような調子で、いった。

「失礼ですが、永井さんは、お祖父さんの代から、そこに、お住まいですか？」

もし、祖父の代から、現在の場所に住んでいるとすれば、祖父が同人だった、『日本歴史研究』の雑誌が残っているかもしれないと、思ったからである。

「昔は、八王子《はちおうじ》に住んでいました」

と、相手がいった。

「それは、いつからですか？」

「戦争中は、八王子に住んでいたと、聞いています。祖父も、八王子に住んでいました」

「八王子はB29の空襲を受けていますか」

「私が聞いた話では、昭和二〇年の八月二日に大空襲があって、祖父の家も焼失したそうです。戦後は、近くの農家の納屋《なや》を借りて住み、私の父の代から、この自由が丘に越して来たと、聞いています」

と、相手がいった。十津川は、少しばかり失望した。どうやら、この永井直人から、問題の雑誌は見つかりそうにない。

十津川は、念のために、戦争中に出ていた雑誌『日本歴史研究』があったら、ぜひ連絡してほしいといい、十津川自身の携帯の番号を教えて、電話を切った。

やはり、想像どおりだったが、それでも、十津川はNにこだわった。

「菊地さんは、津村美咲さんに、同人だった人たちの関係者一〇人の名前をいって、調べてほしいと、頼んだそうですね。その名簿を、もう一度見せてください」

一〇人の名前がある。その一〇人とも、東京都内の住所になっていたが、Nに該当する名前は、永井直人しかいなかった。

菊地が、津村美咲に頼んでいた、一〇人の名前が並んでいる。Nこと永井直人の名前は、上から三番目だった。津村美咲が、上から順番に電話をかけていたかは不明だが、十津川はとにかく、上に書かれた二つの名前に、電話して確認することにした。

上から一人目。津村美咲から、電話があったことを認めた。しかし、今から二〇年前に、家が火災となり、全て焼けてしまったので、当然祖父が同人だった雑誌『日本歴史研究』も、その時に焼けてしまったと、答えたという。

二人目は、豊島《としま》区内の、蕎麦《そば》店の主人だった。火災にはあっていないが、父親が蕎麦店を始める時に、古いものは全て処分してしまったので、祖父が関係していた雑誌『日本歴史研究』も、その時、処分してしまったという。

念のため、永井直人の次の、四人目に電話してみたが、こちらのほうは、津村美咲からの電話はなかったという。とすれば、Nこと永井直人は、三人目にかけた相手だったのだ。

亀井刑事の買ってきたコーヒーを飲みながら、十津川は菊地にいった。

「菊地さんのアリバイは、了解しました」

津村美咲の死亡推定時刻は、五月九日の午後一一時から一二時である。それに対して、菊地は同じ九日に、また、神戸に行って、ホテルRで兵庫県警の寺崎警部と、夕食をともにし、木内えりかの事件について話し合ったと、証言している。その時間は、九日の午後六時から九時までの間で、その後、新幹線あるいは飛行機を使っても、死亡推定時刻に、自由が丘の駅前に現われることは、不可能である。そして、寺崎警部の回答も、FAXで届いていた。

「それで、これから、菊地さんはどうされるんですか？」

と、十津川は、続けてきいた。

「津村美咲の通夜が終わったら、すぐ神戸に戻りたいと思います」

「神戸というより、関西ですね。今回の一連の事件の根は、関西にあると、思っています。それも、戦争中の関西です」

十津川が、いうと、菊地は、肯《うなず》いて、

「木内宏栄は、昭和二〇年の三月と八月に、兵庫県警察部特高課に逮捕され、亡くなっていますからね。しかし、彼は、小林一三の代わりに東京に来て、会議に出たり、東京での『日本歴史研究』の集まりにも、関西から出席しています。また、東京で、吉田茂に会ったり、石原莞爾に接触したりもしていたようです。ただ、十津川さんがいわれるように、彼が顧問弁護士をやっていた阪急電鉄の本社は、戦争中も、今も、関西ですし、木内宏栄の死も、その孫の、木内えりかの死も、関西で起きています。したがって、大きく見れば、日本中に広がりを持つ事件であり、焦点を絞れば、関西だと思っています。だから、すぐ、関西、神戸に、戻りたいのです」

と、いった。

「戦争ですね」

と、十津川は、いった。

「戦火は、日本中に広がっていったために、和平工作に動いた吉田茂と、敗戦必至を叫び、一刻も早い終戦を考えていた石原莞爾、そして、時の政府と軍部を批判していた木内宏栄を、結びつけた。吉田茂は、憲兵に逮捕され、石原莞爾は、中央から追われ、木内宏栄は、拷問《ごうもん》死した。全て戦争ですよ。戦争が終わり、平和になると、バラバラになったが、戦争の傷痕は、残っていた。それが、今回の一連の事件のような気がするのです」

「同感です」

と、菊地も肯く。

「間違いなく、合同捜査になると思うので、できるだけ早く、兵庫県警の寺崎警部に会いたい。どんな人ですか？」

「まだ四〇歳にはならないと思います。捜査能力については、わかりませんが、私が、寺崎警部に、好感を持っているのは、彼が、歴史が好きだからですよ。五月九日の夕食もホテルで一緒にとりながら、事件の話だけでなく、歴史の話、特に太平洋戦争の話を二人でしていて、九時すぎになっていたことが、幸か不幸か、今回の事件で、私のアリバイになりました」

4

結局、五月一一日、十津川と亀井は、神戸に戻る菊地と一緒の新幹線に、乗ることになった。東京一〇時五〇分発の、「のぞみ一〇七号」広島行きである。新神戸着は一三時三七分。十津川は、その車内でも菊地と話をしたかったので、グリーン券をそれぞれ買って、三人で話しながら、神戸まで行くことになった。

十津川が知りたかったのは、今回の事件の、発端になっていると思われる、木内宏栄という男の人物像だった。

現時点での、十津川の関心は、木内宏栄が、どんな人物だったかだった。今の時点で知っているのは、昭和二〇年三月、兵庫県警察部の特高課に逮捕され、続いて八月にも逮捕され、その時に拷問で死亡したということだ。

「特高に逮捕されて死んだことを考えると、かなり過激な思想の持ち主だったわけですね」

と、十津川がいった。

「いろいろな話を聞くかぎりでは、戦争末期に遠慮なく、政府や軍部を批判していたようです。それで、同じような過激な思想を持ち、軍部を遠慮なく批判していた石原莞爾とも、また、終戦間際、和平工作に走った吉田茂とも、話が合っていたと思います」

と、菊地がいった。

「一つわからないのが、木内宏栄が政府や軍部を批判しながら、右翼の人間が編集長をやっている『日本歴史研究』という雑誌の、同人になっていることです」

十津川がいうと、菊地が笑って、

「今の人間から見ると、不思議に思えるかもしれません。だいたい政府批判をすれば、左翼的な人間になっていきますけどね。もちろん当時も、そうなった人間もいますが、逆に天皇万歳《ばんざい》に行く若者のほうが多かったんです。石原莞爾も調べてみると、その典型です。軍人、それも上司を遠慮なく批判し、罵倒《ばとう》していますが、天皇を崇拝《すうはい》していたんです。ですから石原莞爾を調べてみると、明治天皇が亡くなった時には、茫然自失《ぼうぜんじしつ》していたと書かれています。軍部批判はするが、尊皇《そんのう》なんですよ。それがよく表われているのが、二・二六事件だと思います。若い将校たちは、政府や軍部を批判し、国の形を変えなければいけないと思って、立ち上がったんですが、天皇を尊敬していて、天皇親政になれば日本は変わると、確信していたんです。それが間違いで、二・二六事件は失敗したんですが、当時の若者の気持ちというのが、政府あるいは軍部批判と右翼的な心情は相反していないんですよ。それが面白いといえば、面白いんです」

と、菊地は熱っぽく喋《しゃべ》る。

「もう一つ不思議なのは、木内宏栄が、『日本歴史研究』に入った時に、ペンネームを使っていますよね。自分の思想や行動に自信があるのなら、なぜペンネームを使ったんでしょうか？」

と、十津川が質問した。

「これは当時、偽名を使うことが、それほど不思議じゃないんですよ。たとえば石原莞爾は、遠慮なく軍部や政府を批判していますが、彼はカメラが好きで、初めてライカを使った軍人としても知られています。彼は、『アサヒカメラ』という雑誌に写真を応募していたんですが、その時に、〝石原権太郎《ごんたろう》〟という名前を使っているんです。一つの洒落《しゃれ》のようなものですね。ですから、自分を守るために、偽名やペンネームを使ったとは思えません」

と、菊地がいった。

新幹線が午後一時すぎに新神戸に着くまでの間、熱っぽく、そんな話が続いた。

十津川は、戦後の生まれだから、もちろん、戦争体験も、戦闘体験もない。だが、戦争は嫌いだった。

彼の母方の家は、綱田《つなだ》姓で、太平洋戦争が始まった時、三人の男の兄弟がいた。いずれも二〇代で、健全で、働き者なのが両親の自慢だった。その中の二人が、相次《あいつ》いで召集《しょうしゅう》され、いずれも戦死した。

残った一人は、食堂をやっていたが、戦争末期、徴用《ちょうよう》され、軍需《ぐんじゅ》工場で働くことになった。海軍の戦闘機を造る工場だった。そのため、アメリカのB29による集中攻撃を受け、従業員の八パーセントが亡くなり、彼も、その中に入っていた。自慢の三人兄弟は、全員が死亡してしまったのである。

戦争がなかったら、三人は、結婚し、子供も生まれていたはずである。一番可哀相《かわいそう》なのは、両親である。三人の息子を、一人も残さなかった戦争を、恨《うら》んで亡くなっていった。

それだけに、十津川が、今回の事件にぶつかって、何よりも考えたのは、戦争というものだった。その戦争に向き合った人々のことだった。

これまでも、吉田茂や、石原莞爾については、興味はあったが、今回の事件にぶつかって、二人のことを書いたものに、眼を通すようになった。

吉田茂の『回想十年』や、石原莞爾について書かれた何冊かの本である。

まだ、読み始めたばかりなので、木内宏栄の名前は出て来ないが、それでも、めちゃくちゃに面白いし、その発言や行動に、その勇気に感動する。

たとえば、吉田茂。戦後の総理大臣としての活躍は、よく知っていたが、今度、事件に絡んで、十津川が、関心を持つのは、戦争中の吉田茂である。

十津川が、今まで、関心がなく、知らなかった吉田茂だった。

吉田は、駐英大使の時代、日独伊三国同盟に反対し、当然、対米戦争にも反対する。

十津川が、感動したのは、太平洋戦争の末期、吉田茂は、憲兵に尾行されながら、和平工作に動いていたことだ。また、天皇から、日本の将来について、近衛文麿《このえふみまろ》に下問《かもん》があった時、平沼騏一郎《ひらぬまきいちろう》、広田弘毅《こうき》、近衛文麿、若槻礼次郎《わかつきれいじろう》、牧野伸顕《まきののぶあき》、岡田啓介《おかだけいすけ》、東條英機の元首相ら七人が上奏《じょうそう》した。近衛文麿が文章にしたのが、有名な「近衛上奏文」だが、その作成に吉田茂が関わったと見られて、憲兵に逮捕され、四週間も、留置された。上奏文は、敗戦は必至であり、一刻も早く戦争終結を図ること、憂《うれ》うべきは、敗戦に伴《ともな》う共産革命だとあったからである。

吉田茂は、四週間の留置中に、爆撃にあって、死を覚悟したりもしている。それにもかかわらず、自説を曲げなかったのだ。

石原莞爾のほうは、軍人だっただけに、さらに、劇的で、面白かった。

もちろん、吉田茂についても、石原莞爾についても、まだ、大ざっぱにしか、わからないのだが、それでも面白い。

吉田茂については、今までの政治家のイメージが変わりそうだし、石原莞爾の場合は、戦時下の軍人の、傲慢《ごうまん》、単純、先見性のなさといったイメージが、変わりそうである。

特に、石原の場合は、悲壮《ひそう》というより、面白い。

目立つエピソードを拾い読みしただけなのだが、それでも、面白く、爽快《そうかい》である。

中学時代、毎日写生しろという教師に対して、自分の性器を写生して出した。

陸大の時代、一週間の朝鮮・満州視察旅行のあと、レポートの提出を命じられて、同僚が四苦八苦《しくはっく》している時、石原は「所見無」と、平気で、三文字で済ませた。

昭和一一年の二・二六事件の時、狼狽《ろうばい》している荒木貞夫《あらきさだお》大将に向かって、「あなたのような愚《おろ》かな大将が日本にいるとは、自分には信じられません」と叱《しか》りつけた。

そして、敗戦も予想していたこと。

この二人の話だけでも、十津川には、楽しかった。

菊地のほうが、はるかに、時間をかけて、研究しているから、十津川は、聞き役だったが、それはそれで、楽しかったのだ。

菊地がいう。

「木内えりかが殺され、今度は津村美咲を失って、悲しいし、無念で、犯人に対して無性《むしょう》に腹が立ちますが、それでも、吉田茂、石原莞爾、それに小林一三について調べていると、楽しくなるし、勇気が、わいてくるのです。戦争中で、三人とも、正論を口にし、実行したために、圧迫を受けている。特に、吉田茂と、石原莞爾の二人は、ひどい目にあっている。それなのに、頑《がん》として、戦いをやめない。私なんかは、現状に不満なのに、戦おうとしない。そのことが、反省させられますからね」

「たぶん、戦争末期のように、戦わなくても済むからじゃありませんか」

と、十津川が、いった。

「同感ですが、今回の一連の事件で、私も、どこかで、勇気を試される事態にぶつかるような気がするんですよ」

と、菊地。

「何となくわかります」

「その時、吉田茂や石原莞爾のように戦えるかどうか。もし、勇気が持てなかったら、殺された木内えりかと、津村美咲に笑われるでしょうね」

新神戸に着くと、ホテルに行く菊地と別れて、十津川と亀井は、捜査本部の置かれた、神戸南警察署に直行した。

本部長にあいさつしたあと、寺崎警部に会う。

やはり、若い感じがする。

寺崎の机の上には、やはり、吉田茂、石原莞爾、そして、小林一三に関する本や資料が、山積みになっていた。

「今回の事件で、歴史の勉強をするようになりました。特に、太平洋戦争の歴史です」

と、寺崎が、いった。

「私のほうは、まだ、齧《かじ》ったばかりですが、楽しかったし、勇気もわいてきました。それで、木内宏栄は、出て来ましたか？」

十津川が、きいた。

「小林一三の膨大な日記を読んでいたら、やっと出て来ました。昭和二〇年一月の日記です。彼は、第二次近衛内閣の商工大臣をしていたことがあるので、いろいろと中央から相談を受けています。そのため、東京に呼ばれることも多かったようです。彼が行けなかった時は、秘書や、木内宏栄が、代わりに東京に行くこともありました。その中に、木内弁護士に代わりに行ってもらい、帰った時に、報告を受けたと書いてあります」

「その中に、木内宏栄の意見も載っているんですか？」

「今、一月一九日の小林一三の日記に、初めて、発見したところです。その部分をプリントしておいたので、見てください」

と寺崎が、一枚のプリントを見せてくれた。

「一月一九日

本日夕方より、東京帝国《ていこく》ホテルにて、内務省、農商省の次官と現在の食糧事情について、意見の交換の予定であったが、感冒《かんぼう》にて起きられず、木内宏栄君に、代わりに行ってもらうことにして、私の意見を記《しる》した手紙を託した。

私は、元来、統制嫌いである。食糧事情が逼迫《ひっぱく》した理由の一つは、今の統制と配給制度にあることは、はっきりしている。

主食の米については、現在の供出《きょうしゅつ》制度が長かったので、動かすことは難しいが、その他の食糧、じゃがいも、さつまいもなどは、農家に自由に作らせ、自由に売らせるべきである。そうすれば、農家は、利益を上げようと考え、たくさん作り、たくさん市場に出すから、自然に、国民は、さつまいもなどを、安く買えるようになると、私は、手紙に書いておいたが、頭の固い官僚は、賛成するかどうか。

大阪に　B29　八〇機来襲

一月二〇日

大いに激して、昨日会った内務省、農商省の高級官僚を罵倒《ばとう》する。

東京でも、闇のインフレは激しいという。

木内宏栄君　帰阪

白米《はくまい》　一升《いっしょう》（一・八リットル）二五円
砂糖　一貫目《かんめ》（三・七五キロ）八〇〇円
玉子　一個二円
にわとり　一羽一〇〇円

こんな高い値段のものを買えるのは、金持ちだけですよと、木内君は腹立たしげにいう。

彼の親戚の四〇歳の男が、召集されたが、初年兵《しょねんへい》の月給が八円だという。三カ月貯めても、白米一升買えませんと、木内君は、いう。

それなのに、金持ち以外にも、高級官僚や高級軍人の家には、ぜいたく品が積まれていて、国民はみんな知っていると、木内君はいうのだ。

それを、みんな、じっと我慢しているが、このままでは、そのうちに、暴動でも起きかねませんとも、いった。

私の書いた意見書については、二人の官僚とも、すぐ読んだという。

読んだあと、どんな感想をいっていたかときくと、二人とも、わかりました、ご意見は、大臣に伝えますともいったが、自分たちの政策を批判されて、渋い顔をしていたともいう。

それなら、なぜ、私の意見を聞こうとしたのか。

『彼らも、ここにきて、自信が持てなくなっているんです』

と、木内君。

今日から、我が家の火鉢《ひばち》の数を減らすことにした」

これが、寺崎警部がプリントしていたものだった。

読み終わって、十津川が、いった。

「不思議ですね、戦時中、特に、後半になると、全ての物資が不足していたといいます。だから、統制を強化した。一人一人の配給量を決めて、配給の日には、人々を一カ所に集めて、厳密《げんみつ》に配給していたわけでしょう。それなのに、闇のルートなら、何でも手に入る。不思議な気がして、仕方がないんです。当時の新聞なんか読むと、国民も政府も、軍人も、私心《ししん》を忘れて、生産に励《はげ》んでいる。不正をする者など、一人もいないように、書かれていますからね」

十津川が、いうと、寺崎は、笑って、

「私も、戦争中の日本は、一億一心で、誰一人不正をせず、ひたすら、勝利のために、働いていたと思っていたんですが、今度の事件で、戦争中の国民、政府、軍人の動きについて、調べていくと、とても、そんな立派なものではないことが、わかってきました。それに、生活が苦しくなればなるほど、悪知恵を働かせる奴が出てくるんです。たとえば、軍需工場では、上から下まで、武器生産に全力をつくしているかといえば、ダラ幹（堕落《だらく》した幹部）が、平気で、材料を横流しするし、給料を着服する。米は、きちんと正確に配給されているはずなのに、人数を誤魔化《ごまか》す。幽霊人口です。その人数も、平気で、何千人も誤魔化すところがある。工場には、闇工賃というものがあって、病気と称して休み、アルバイトに走る工員が、続出する。統制を強化すればするほど、生活が苦しくなるから、不正に走るんです」

「今、プリントを読むと、配給制度は悪いと、小林一三もいっているし、木内宏栄も、強調していますね」

「役人が作ったものですからね。たとえば、大根の配給がある日は、家庭の主婦を一《いっ》斉《せい》に配給所に集めて、一人一人、確認しながら、一本ずつ、大根を渡しているんです。いかにも、役人の考える制度じゃありませんか。誰が考えたって、子供に、大根を持たせて、一軒ずつ配ったほうが、簡単なんですよ。家庭の主婦だって、助かりますよ」

「たしかに、簡単に、わかりますね。役人の考えの硬直性ですね」

「もう一つ、これは、阪急電鉄本社で、聞いた話ですが、昭和二〇年の三月初めに、運輸通信省から、防空施設の視察に四人の役人が、やって来たそうです。それが、実に、形式的な指示の上、忙しいのに、阪急の社員数十名を集めて、つまらない訓示をしたというのです。これなら、わざわざ東京から、来る必要はない。大阪鉄道局が連絡してくれればいいじゃないかと、怒ったそうです」

「しかし、なぜ、東京の運輸通信省から、四人も、役人が、大阪の鉄道会社の視察にやって来たんですかね？　戦争が激化している時に」

「それが、笑ってしまうんですよ。年度替わりで、予算が余ってしまうので、闇出張したんだというのです。旅費かせぎです」

寺崎が、笑いながらいう。

十津川は、思わず、

「ちょっと待ってください」

と、口を挟《はさ》んだ。

「最近でも、時々、官庁の闇出張とか、架空出張とかが、問題になりますが、そんな昔からあったんですか？　しかも、戦争中に」

「私たちも役人ですが、これは、役人の悪《あ》しき伝統ですかね」

寺崎は、また笑った。今度は、明らかに、自嘲《じちよう》だった。

5

この日、十津川たちは、菊地が泊まっている神戸の同じホテルに、チェック・インした。

夕食を、ホテル内の中華料理店の個室で一緒にした。これは、菊地からの誘いだった。

「何か進展が、あったみたいですね？」

十津川が、きいたのは、菊地が笑顔だったからである。

「実は、例の『日本歴史研究』の同人の一人の孫から、連絡があったんです。現在、京都で、バーをやっている女性からです。問題の雑誌を五冊持っているというのです」

「信用できそうですか？」

「京都は、空襲をほとんど受けていませんからね。それに、相手の話では、火事にもなっていない。もう一つ、その古雑誌を、金になるのではないかと思って、大事に持っていたというのです」

と、菊地は、いった。

「なるほど。それで、本当だと思ったわけですか」

「正義とか、歴史とかという言葉より、犯罪絡みなら、欲のほうが信用できますから。ただ、全て信用しているわけではないので、明日、一緒に行ってもらいたいんです」

「もちろん、私も『日本歴史研究』という雑誌を、読みたいですからね」

と、十津川が、いった。

「欲絡みと、相手はいったんですね」

「金になるかもしれないと思って、大事にしていたと、いっています」

「それなら、買えといってるんじゃありませんか？」

「一冊一〇万円、五冊で五〇万円です。そのくらいなら、何とか払えます」

と、菊地は、いう。

「もし、その五冊が、犯人逮捕に結びつけば、警察から、報奨金《ほうしょうきん》が出ます。今回の事件で、二人の人間が殺されていますから、最低でも二〇〇万円は出すと思います。私が掛け合います」

と、十津川は、いった。

翌日、三人で、新幹線で、京都に向かった。

五月中旬の京都は、早くも夏だった。相変わらず、観光客で、あふれている。しかも、外国人が多い。

その店は、石塀小路《いしべこうじ》にあった。

この時間は、店は閉まっていたが、連絡しておいたので、店のママ、長野《ながの》ゆりこが、待っていて、三人を、中に、入れてくれた。

外見は、普通の家の構えだが、中に入ると、真っ赤なじゅうたんが敷かれている。じゅうたんバーである。

ママのゆりこは、三五、六歳だろう。

菊地が、刑事の、十津川たちを連れて行ったことに、文句もいわず、

「刑事さんも、ビールでいいのかしら？」

と、笑顔を向けてくる。

「私は、できれば、コーヒーにしてほしい」

十津川が、いい、亀井も、「コーヒー」と、いった。

「まるで、税務署の人と同じね」

と、いいながらも、ママは、コーヒーをいれてくれた。

ママと、菊地は、ビールである。

菊地は、手で、コップを押さえて、

「まず、五冊の『日本歴史研究』の実物を見せてくれませんか」

「その前に、取引きしたいから」

と、いって、ママは、五〇万円の領収書を、菊地の前に置いた。

「しっかりしているね」

菊地は、笑いながら、用意してきた封筒を、ママに渡した。

それを調べもせずに、ママは、カウンターの下に入れた。

「確かめないんですか？」

菊地が、きく。

「さっき、刑事さんの警察手帳を見たから、あなたを信用する。刑事さんの前で、女性を欺《だま》したりしないでしょうから」

ママは、カウンターの下から、『日本歴史研究』五冊を取り出して、菊地の前に置いた。

菊地は、そのナンバーを、まず調べて、

「バラバラだね」

と、少し、失望の色を見せた。

「一番ほしい昭和二〇年が一冊、他の四冊は、昭和一六年二冊、一七年一冊、そして一九年が一冊だ」

「それだけしか、残っていなかったの。バラバラでも、事件の捜査には、役に立つんじゃないの？」

と、ママが、いう。

「ここで、見る。いいですね」

菊地は、一冊ずつ、十津川と亀井に渡して、残りの三冊を、黙《だま》って、読み始めた。

十津川に渡されたのは、昭和一九年の五月号だった。

戦時中の雑誌、それも昭和一九年五月号にしては、かなりの厚みがあった。

まず、目次を見たが、そこに、広田栄（木内宏栄）の名前は、なかった。

少し、失望しながら、十津川は、ページを繰《く》っていった。

最初のページには、編集長の長谷川拓が、右翼らしい言葉をのせていた。

「戦いは、勝利を信じる者が勝ち、敗《ま》けたと思う者が敗者になる。われらも、正しき皇国の歴史を重んじ、皇国の勝利のために、祈ろうではないか」

いかにも、右翼の人間らしい言葉である。

次のページには、若き特攻隊員の写真と、靖國《やすくに》神社に参拝する長谷川編集長と、同人二、三人の写真が並んでいた。

第五章　接点を探す

1

昭和一九年五月号の巻末は、座談会になっていて、議題は、「立て続く玉砕《ぎょくさい》について考える」である。五人の名前があり、その中に広田栄（木内宏栄）の名前もあった。太平洋戦争の局面は、昭和一七年に入るまでは日本の勝利が続いていたが、一八年に入ると戦局は悪化して連合軍の反撃が続き、太平洋の島々では日本の守備隊の玉砕（全滅）が続くようになった。

昭和一八年五月二九日、アッツ島玉砕。一一月二三日、マキン守備隊全滅。同じく一一月二三日、タラワ守備隊玉砕。

一九年に入ると、二月二日にルオット島玉砕。五日、クェゼリン島玉砕。そうした玉砕の連続についてどう考えるか、その座談会である。

出席者の意見は、ほとんど同じだった。いよいよ戦争が本物になった。覚悟を新たにして、玉砕した守備隊に続こうではないか。最後まで戦い続けて死んだ兵士たちこそ、本物の侍《さむらい》である。われわれ国民も彼らに続く精神で、兵器を作り、アメリカをやっつけようではないか。少数の日本守備隊は、死を恐れず五倍一〇倍ものアメリカ兵と戦い続けた。皇軍《こうぐん》が世界一の兵士といわれるゆえんである。これをわれわれは誇りとしようではないか。出席者の多くが、守備隊に続けという叫びで終わっている中で、広田栄（木内宏栄）だけが、ちょっと違った発言をしていた。

出席者の一人が、死を恐れぬ守備隊こそ、真の兵士であり、世界一の兵士であると賞賛したのに対し、広田栄はこう発言していた。

「守備隊が、死を恐れぬ勇敢《ゆうかん》な世界一の兵士だというならば、殺されても殺されても、次々に上陸してきて戦うアメリカ兵も、死を恐れぬ勇猛《ゆうもう》な兵士ではないか。精神力も負けていないのではないか。今までアメリカ兵を、死を恐れる卑怯者《ひきようもの》と考えていたから、こうして苦戦しているのである。したがって、今からアメリカ兵の精神力も認めて戦うことにしようではないか」

この座談会について、雑誌を提供してくれたママのゆりこは、十津川たちに向かって、こんな話をしてくれた。

「この雑誌をとっておいたお祖父《じい》さんがいっていたんですけど、この時の発言で、広田栄さんは警察に注意されたそうですよ。戦争がこれから激化するというのに、敵を褒《ほ》めるとは何ごとかといって」

「それは警察に注意されただけで、特高《とっこう》に捕まったわけじゃないんですね？」

と、菊地がきいた。そうするとなぜか、ママはにっこりして、

「そういう話がほしいなら、あと五〇万円出してくださいな」

と、不意にいった。菊地はママを睨《にら》むように見て、

「まだ、何か隠してるの？　この五冊の他にも、この古い雑誌があるんですか？」

と、きいた。ママは、

「皆さん、この時代に同人の誰かが特高警察に捕まったか、気にしてるんですか？　それなら面白い話があるんですけど」

と、思わせぶりにいうのだ。

「ぜひ、話してください」

「でも今度は、ｂ少し高いわよ」

「かまいませんよ。五〇万ぐらいなら払いますよ」

と、菊地がいい、十津川も、

「話によっては、私が払ってもいい」

と、いった。またママはにっこりして、

「これも、そのお祖父さんの話なんですけどね。昭和二〇年三月に、『日本歴史研究』の同人が臨時特集号を出そうとしたんですよ。それに特高を怒らせる記事が載《の》って、同人の一人が逮捕されたんですって。どうかしら？　その臨時特集号で五〇万」

「特集号があるんですか？　よく押収《おうしゅう》されませんでしたね」

「その特集号は、三月の二〇日ごろに出す予定だったんですって。内容が特高課に知られて、今もいったように、それを書いた同人の一人が特高課に逮捕されて、臨時特集号も押収されたんだといってました。ただ、うちのお祖父さんは当時は若くて、目《め》端《はし》が利《き》いたから、原稿の時から、これを印刷したら間違いなく押収される、そう思って、一冊隠しておいたというんですよ。貴重な一冊ですよ。どうしても読みたければ、五〇万出しなさいよ」

と、ママがいう。

もちろん十津川も菊地も、その臨時特集号というのを読みたい。だから、二人で五

○万円を出すと、約束した。
亀井刑事は、一度、東京に戻ることにした。

そして次の日に、その発行停止になったという昭和二〇年三月臨時特集号を、ママは得意気《とくいげ》に差し出した。

この、昭和二〇年三月二〇日に臨時出版されるはずだった臨時特集号は、三月一〇日に起きたB29の大編隊による、東京無差別爆撃を考える特集号だった。特集号のタイトルは、

「アメリカのB29による無差別爆撃に対して怒りをぶつけよう特集号」

になっていた。B29による三月一〇日の東京大空襲は、広島や長崎《ながさき》における原爆投下以上に死傷者を出したともいわれている。マリアナ諸島のサイパン、グアム、テニアンを占領したアメリカ軍は、予定どおり飛行場を拡張し、「超空の要塞《ようさい》」と呼ばれたB29を、アメリカ本土から、この島々に移動させ、昭和一九年末から、B29による日本への爆撃が、始まった。

最初のうち、日本の高射砲の反撃を恐れて、高高度からの爆撃が行なわれていたが、日本上空の偏西風《へんせいふう》の強さや、照準器の作動ミスなどで、目標を外すことが多かった。

指揮官のルメイが調べたところ、日本の防空陣は、ドイツのそれと違って、低空の高射砲陣地がないことに気がついた。

そこで、爆撃方法が変えられた。

今まで、昼間の高高度爆撃だったのを、夜間の低空爆撃に変えたのである。

また、ドイツの建造物が、コンクリートと鉄だったのに対して、日本は、木と紙で出来ているので、爆弾より焼夷弾《しょういだん》が有効と考えられた。新しい焼夷弾が、用意された。

夜間、低空からの焼夷弾爆撃である。

さらに、それまでアメリカ空軍は、原則として、兵舎《へいしゃ》や、軍需《ぐんじゅ》工場などを狙《ねら》ってのピン・ポイント爆撃を標榜《ひょうぼう》していたのだが、日本に対しては、民間人を入れての無差別爆撃に徹した。

その弁明として、次の二つの理由をあげていた。

一つは、最初に無差別爆撃を実行したのは日本軍だ、という主張である。たしかに、中国の奥地、重慶《チョンチン》に首都を移して抵抗する中国軍に対して、日本海軍は、波状爆撃を実施した。

最初は、軍関係の施設を狙ってのピン・ポイント爆撃だった。しかし、ぜんぜん効果がない。その上、爆撃機の消耗《しょうもう》が激しいので、爆撃方法を変えた。それが、無差別爆撃である。しかも、爆弾を焼夷弾に変えた。効果は抜群《ばつぐん》だった。一日で、六〇〇〇人の死傷者を出したのだ。

たしかに、無差別爆撃は、日本が先である。しかし、規模が違う。六〇〇〇人の死傷者対一〇万人の死者である。しかも、アメリカは、究極《きゅうきょく》の無差別爆撃である原爆を、二回にわたって日本に投下しているのだ。

もう一つのアメリカの主張は、日本は家内工業で、一軒の家の中でも、兵器を作っているから、仕方なく民間の家、施設を、爆撃したというのである。

爆撃は徹底していた。まず、大きな空間を作るように、焼夷弾を落として、炎の輪を作る。逃げられないように、火で囲むのだ。そうしておいてから、後続のB29の編隊が、囲みの中に、焼夷弾の雨を降らせていく。

そのため、焦土《しょうど》と化した東京下町のあちらこちらで、焼死体がかたまっていた。隅田川《すみだがわ》には、無数の死体が浮かんでいた。

アメリカ時間、三月九日の夜、グアム、サイパン、テニアンから、M69と呼ばれる新型焼夷弾を積んだB29三二五機が、日本本土に向けて出発した。

日本時間、三月一〇日深夜から、夜明けにかけて、東京下町地区への焼夷弾による無差別爆撃が開始されたのだ。

新型焼夷弾M69は、子爆弾を三八発束《たば》ねた大型の親爆弾であるが、落下する途中で、バラバラになって雨のように降り注《そそ》ぐ。直撃を受ければ、死ぬ。

この夜、東京下町一帯に、バラ撒《ま》かれた焼夷弾は、合計三二万七〇〇〇発。下町は、一時間半で、火の海と化した。

この爆撃で、一〇万人の都民が死んだといわれているが、多くの負傷者がその後死んでいるから、実数は一二万かもしれない。

この無差別爆撃に抗議するかたちで、臨時特集号が、三月二〇日に刊行されようとしたのだ。

この特別号にも、広田栄（木内宏栄）は、執筆していた。

ルメイの指揮する第二一爆撃集団は、三月一〇日の東京大空襲のあと、大阪、名古《なご》屋《や》といった大都市にも、次々に、B29の大編隊を使っての無差別爆撃を加えていった。

それについて、ルメイは、次のように主張している。

「日本の大都市を、まず、無差別爆撃で徹底的に叩《たた》けば、日本国民は、恐怖から、戦争中止を叫ぶようになるだろう。そう考えての無差別爆撃に対して、日本国民は、和平を考えずに、復讐《ふくしゅう》を誓《ちか》ったのである」

臨時特集号に寄稿《きこう》した人々の筆も、無差別爆撃に対する怒りで、溢《あふ》れていた。

四人の男と、女一人。いずれも、『日本歴史研究』の同人だった。

この五人の誰もが、三月一〇日の空襲で、肉親か、友人を失っている。その悲しみと怒りを、ぶつけていた。

たとえば、長谷部《はせべ》勝子《かつこ》という女性同人は、この時二五歳。夫は、三年前に応召《おうしょう》し、現在、中国戦線で、戦っている。

家庭には、四歳の女の子と、七五歳の母親、母親のほうは、足が不自由である。三月一〇日夜の爆撃の時の様子を、彼女は、こう書いていた。

「警報が鳴ったので、私は、いつものように、娘を抱《かか》え、母の手を引いて、庭に掘った防空壕《ぼうくうごう》に入った。

いつもなら、二、三〇分で、警報は解除される。今夜も、そうだろうと思っていたら、いつまでたっても解除されない。それどころか、音を立てて、焼夷弾が降り注ぎ始めた。たちまち、わが家が炎に包まれていく。

わが家だけではない。

まわりの家も、次々に燃え上がっていく。熱風が、防空壕の中にまで吹き込んでくる。娘が咳《せ》き込む。このままでは、炎に包まれてしまう。それどころか、うすい板の防空壕の屋根である。焼夷弾の直撃を受けたら、私たちは即死だ。

『逃げましょう』

と、私は、母にいい、防空壕を這《は》い出した。

まわりは、炎と煙でよく見えない。

吹きあげる炎の音と、人々の悲鳴と、焼け落ちる瓦《かわら》の音が聞こえるだけだった。

どちらに逃げたらいいのか。私は、とにかく、海の方向に逃げようと、娘を抱え、母の手を引いて走った。

炎に包まれた家が、倒れてくる。

いつの間にか、つかんでいた母の手が離れてしまっていた。母が、もう一緒に走れないと悟《さと》って、自分から、手を放したのかもしれない。

立ち止まって、必死で母の名前を呼んだが、答えがない。そうするうちにも、炎が追いかけてくる。逃げる人たちが、ぶつかってくる。

仕方なく、私は、娘を抱えて、海に向かって走った。頭の中で、母も、ひとりで、逃げてくれているものと、思いながら。

夜が明けて、明るくなって、やっと警報が解除された。

海岸近くの小さな空地に、私は、へたり込んでいた。娘は、疲れきったように、眠ってしまっている。その空地には、私の他に、二、三人が、いずれも、座り込んでいた。

私は、母のことが気になったので、眠っている娘を無理に起こした。抱くだけの力も、なくなっていたからだ。

娘の手を引いて、わが家の方向に、戻っていった。生きていれば、母も、わが家に戻っていくだろうと思ったからだ。

わが家が近くなるにつれて、私は、呆然《ぼうぜん》と立ちすくんだ。

どの家も、焼け落ちている。それは、想像できたのだが、あちこちに、焼死体が転《ころ》がっている光景は、想像の外《ほか》だった。

折り重なって死んでいる、死体もある。わが子を守ろうとして、死んだ母親なのか。

わが家は、もちろん、灰燼《かいじん》に帰《き》していた。近くに、国民学校（小学校）があった。生徒たちは学童疎開《がくどうそかい》でいなくなっていて、校庭は、さつまいも畑になっていた。

私は、そこへ行ってみた。ひょっとして、母は、そこに逃げたかもしれないと思ったからだ。その学校は、母が卒業した母校でもあったからだった。

私の他にも、何人かの人たちが集まっていた。

校庭のさつまいも畑に、二〇体ばかりの、焼け焦《こ》げた、焼死体が転がっていた。

警防団の恰好《かっこう》をした男が一人、やって来たが、彼も疲れきっていて、死体の山を前に、呆然としている。

集まった人々は、自分の家族を見つけ出そうとするが、何しろ、黒焦げの死体である。大きさから、子供と大人の区別はつくが、顔はわからないくらいに焼けてしまい、着ているものも、焼けてしまい、裸の死体になってしまっているのだ。

だが、私は、すぐ、母の死体が、わかった。右膝《ひざ》に、手術の跡のある、女性の焼死体が、あったからだ。戦争中の手術だから、乱暴な手術である。それだけに、なおさら、すぐわかったのだ。

私は、娘を引っ張って、母の遺体の前に、ひざまずいた。

涙は出なかった。私は、ひたすら、母を殺した敵を憎んだ。

あいつらは、ただ、母を殺したのではないのだ。逃げ惑《まど》う母を、追い詰めて、焼き殺したのだ。

昨夜のＢ29のパイロットが、どんなアメリカ人かわからない。もし家族がいたら、私は、その家族を殺してやりたい」

他の四人の男たちの原稿も、同じだった。

まず、Ｂ29による無差別爆撃に対して、怒りを、ぶちまけていた。この爆撃で死んだ身内や、知人にふれ、必ず、アメリカ兵や、その家族に復讐すると書く。

ルメイが、期待したようには、日本人には、恐怖を与えることはできなかったのだ。

もちろん、日本人に、戦争中止の声を、叫ばせることもできなかった。

三月一〇日の無差別爆撃が、日本人に与えたのは、怒りと、憎しみと、復讐心だけだった。それは、真珠湾《しんじゅわん》攻撃で、日本軍が、思い込んだ誤りに似ている。あの攻撃で、アメリカ人は、日本に和平を申し込んでくるだろうと、日本の軍人は思ったのだが、復讐心しか与えなかったのだ。

三月一〇日の日本人の反応も同じだった。

恐怖の代わりに怒り。

戦争中止の代わりに、復讐である。

2

広田栄（木内宏栄）の原稿も同じ言葉で始まっていた。

「女子供を狙った無差別爆撃は、絶対に、許せない。鬼畜《きちく》のやることだ」

と、書き始める。

「できれば、長距離爆撃機に乗り込んで、ワシントン、ニューヨーク、サンフランシスコの町に、焼夷弾の雨を降らしてやりたい。逃げ惑うアメリカ人たちを、あざ笑ってやりたい。そうしなければ、この怒りは、おさまらない」

広田栄（木内宏栄）は、三月一〇日に、東京の弁護士仲間の友人に会いに行き、その夜、その友人の家に泊まっていた。

久しぶりに会い、夜深くまで、語り合った。

そして、あの大空襲に、ぶつかったのだ。

土地鑑《とちかん》のない木内を、何とか助けようと、友人は、必死で、下町を逃げ廻《まわ》った。足がもつれて、立ちすくむ木内を、友人は、とっさに突き飛ばした。

雨のように降り注ぐ焼夷弾の一発が、木内を直撃すると直感したからだ。おかげで、木内は助かったが、友人は直撃を受けて倒れ、火だるまになって、死んだ。

炎に包まれた友人は、もだえ苦しむように、よじれて、動かなくなった。

友人の死体を納《おさ》める柩《ひつぎ》もなかった。あまりにも、この日、死者が、多かったからだ。

合同で、荼毘《だび》に付《ふ》す町内もあった。だが、自分を助けるために死んだ友人は、身寄りがない。自分の手で、柩に納め、荼毘に付したかった。

木内は、焼け跡を歩き廻って、木の板を拾い集め、自分で柩を作り、友人の死体は、それに納めた。

次は、寺だった。友人の家の菩提寺《ぼだいじ》も、三月一〇日の空襲で、全焼してしまっていた。

木内は、住職を捜《さが》し出し、その寺の境内《けいだい》で、友人を荼毘に付し、その場で、住職にお経《きよう》を上げてもらった。

木内は、三日間、東京に、とどまっていた。その間、アメリカの無差別爆撃に対する怒りとともに、友人の死を招いた日本政府にも腹が立って、それが、書いたものにも、自然に噴《ふ》き出した。

「なぜ一〇万人もの死者を出してしまったのか？」

それを防げなかった国に対する怒りも湧《わ》いてくるのだ。だから、書いた。

「第一に、火を消そうと考えず、まず逃げていれば、一〇万人もの死者を出さずに、すんだはずである。三二五機ものB29によって、三二万発もの焼夷弾、それも、油脂《ゆし》焼夷弾が、バラ撒かれた時、消そうと考えることが、間違いなのだ。雨のように降り注ぐ焼夷弾による火を消すことは、無理である。何とか消そうとすれば、炎に包まれて死ぬことになる。したがって、空襲警報が鳴ったら、消火は諦《あきら》め、誰も彼も、逃げることである。そうしていれば、間違いなく、一〇万人もの死者を出さずに、すんだのである。

問題の第二は古めかしい防空法である。民間防空についてのこの法律は、昭和一二年（一九三七年）四月五日に公布された。

第一回目の改正は、昭和一六年（一九四一年）一一月に行なわれた。いずれも、今回のような大空襲は、想定されていないのだ。バケツリレーで、焼夷弾は、消せるものと考えていた時代に出来た法律である。

昭和一八年（一九四三年）に第二次改正があったが、考え方は旧態依然《きゅうたいいぜん》としたもので、灯火管制、防空、待避壕の設置、防火訓練などが決められていて、空襲による火災が起きた場合は、その場に残り、消火が義務付けられているのだ。違反した者は罰金が科せられ、その罰金は五〇〇円である。つまり、空襲があって爆撃が開始されても、勝手に逃げることは許されない。こんな防空法は、まさに時代遅れである」

と、広田栄は断定した。

また、三月一〇日の大空襲の直後、警視庁は、

「空襲による一般都民の恐怖心を一掃《いっそう》し、初期防火に対する敢闘《かんとう》精神の保有に努める

こと」

と、発表している。

「われわれは、防空演習と称して、空襲があった場合は、燃える建物に向かって、バケツリレーで放水をすれば、焼失を防げるといわれていたのである。しかし、三月一〇日の大空襲に接すると、バケツリレーなど、もはや何の役にも立たないと、わかった。防空法に従ってその場にとどまり、敢闘精神を発揮して消火に努めれば、必ず死ぬことがわかったのだ。それなのに国は、防空法を改めようとしない。この防空法を改めず、敢闘精神のみを声高《こわだか》に叫べば、さらに多くの死者を出すだろう。それなのに、一部の地域では、初期消火に努めず、地区内から逃げた者は、名前をあげて、叱責《しっせき》され、罰を受けたといわれているのだ。

もはやB29の大空襲に対して、敢闘精神は通用しない。職場を守ることは、死を招くから、職場放棄《ほうき》して逃げるべきである。帝都を守れと言われて守れば、爆撃で死ぬ。それならば、帝都を守るようなことは考えず、まず何としてでも逃げるべきである。政府は、B29の無差別爆撃に対してどうすればよいかを、ただちに国民に向けて指示すべきである。それは消火に敢闘精神であたれという、精神論ではなく、まず逃げろ、職場を放棄したほうがいい、家を見捨ててもいい、とにかく逃げるのだ。逃げれば助かる可能性がある。警視総監も、陸海軍の首脳も、すぐにでもラジオで国民に向かって、空襲警報が鳴ったら、何をおいても逃げろと指示すべきである。もし、指示できなければ、私が新聞を使って発表する。そうでもしなければ、今後も何万人もの空襲の被害は続き、すぐ一〇〇万人に達してしまうのではないか。

お願いである。とにかくラジオで、今後空襲があった場合は、まず現場を放棄して逃げろ、と命令していただきたい。さもなければ、その先に見えるのは『全滅』である」

これが、『日本歴史研究』の臨時特集号に載せた、広田栄こと木内宏栄の、昭和二〇年三月一〇日の無差別爆撃をどう考えるかの、答えだった。

「読んだでしょう。彼はこの時、東京にいて、三月一〇日の大空襲にぶつかり、逃げる途中で自分の友人を亡《な》くしている。だからこんな激烈なことを書いたんだと思うけど、でも私の祖父によれば、今度は警察の注意では済まされず、特高課が三月一五日に彼を連行し、拷問《ごうもん》したといわれています。ただ、その時には彼は弁護士資格を剝奪《はくだつ》されただけで、彼が顧問弁護士をやっていた阪急の、小林一三の配慮もあって、何とか、いちおう釈放されたといわれているわ」

と、ママは、十津川たちに、教えてくれた。

これで、木内宏栄の経歴の、三月に逮捕され、釈放されたということが、嘘《うそ》でなく、くわしいことがわかってきた。

そうなると、十津川や菊地が次に知りたいのは、木内宏栄が昭和二〇年八月にまた逮捕され、今度は死体となって帰されたことである。そこで何があったのかを、十津川も菊地も、知る必要があると、考えていた。さもないと、彼の日記は復元できないし、孫の木内えりかが、祖父の日記を再構築して出版しようとしたことで、なぜ殺されたのかも、わからなくなってしまうわけである。

昭和二〇年の八月に、木内宏栄がなぜ兵庫県警察部の特高課に逮捕され、そして拷問の末に殺されたのか。その原因を知るためには、どうしたらいいのか。何が特高を怒らせ、拷問を受けることになったのか。その理由を知る必要があるのだ。さらにいえば、わからなければ、現代の殺人事件の解決も難しいだろう。

十津川と菊地たちは、八月に逮捕された原因になるような彼の発言なり、その発言を、誰かが日記や雑誌に書いているものを、探し出さなければならなかった。

一番の期待は、木内宏栄が同人になっていた『日本歴史研究』だが、三月の臨時特集号が出版停止になったそのあとも、右翼の出版責任者だったせいで、出版され続けていた。その中で、また、昭和二〇年の八月までに問題を起こした木内宏栄の文章なり、それを載せた雑誌を見つけ出すことに集中した。しかし、なかなか見つからない。二人は、再び、古い同人の家族に呼びかけたのだが、今度は反応がなかった。

と、なると、この同人誌以外に、木内宏栄が誰かに喋《しゃべ》ったり、どこかの新聞や雑誌に寄稿したりしたものを、探し出さなければならなくなった。

まず、死んだ木内宏栄と親しかった、あるいは話をした、あるいは自分の日記に書き留《と》めた、そうした人々にあたることになった。小林一三、吉田茂、石原莞爾などである。彼らが書いた日記、彼らが誰かと今回の戦争について話したこと、そうしたものを必死になって探した。

悪戦苦闘の末、昭和二〇年六月に石原莞爾が友人に出した長い手紙の中に、それを見つけ出した。

石原莞爾は陸軍中央を追われてから、関東軍の参謀副長になったが、その関東軍からも追われて、閑職である舞鶴《まいづる》要塞に左遷《させん》されたりしていた。しかし、その後、自ら、予備役編入を望む。それでは石原ほどの天才が可哀想《かわいそう》だと、阪急電鉄の小林一三社長が、京都の立命館大学に頼んで、石原莞爾を国防学の講師に、推薦した。その後は、故郷に帰って、親しい人々を集めたり、田畑《たがや》を耕したりしていた。農業に徹していたのである。

このころ、石原莞爾は、陸大時代の友人で、同じように予備役のK・Eに、しばしば、手紙を出していた。

その手紙の中で、自分の帰郷後に、立命館大学の臨時講師として、法律を教えていた木内宏栄を、面白い男と、紹介していたことが、わかったのである。

このK・Eは、終戦工作に走って、特高につきまとわれたりするのだが、戦後まで生きのび、昭和三〇年に、亡くなっていた。

石原莞爾の問題の手紙は、東京で、その遺族が、大切に持っているのがわかって、十津川と菊地は、ぜひ見せてほしいと、日参した。

最初、石原莞爾も亡くなっているので、他人の眼にさらしたくないと、拒否された。それを二人が、これには、殺人事件が、絡《から》んでいて、その解決には、どうしても、石原莞爾の手紙が必要だと説得して、ようやく、見せてもらうことができたのである。

3

昭和二〇年六月二四日の手紙。この時、日本はどんな状況に置かれていたか。五月八日にはドイツが降伏し、イタリアもすでに降伏していたから、三国同盟で戦っているのは、日本一国になっていた。日本を巡《めぐ》る戦局でも、六月二三日には沖縄《おきなわ》が陥落《かんらく》し、すでに、アメリカは次に日本本土、おそらく九州《きゅうしゅう》を狙うであろうことが、噂《うわさ》されていた。一方、日本国内でも、終戦工作がひそかに始まっていた。

総理大臣、外務大臣、陸軍大臣や海軍大臣、そして陸軍参謀総長、海軍軍令部総長、この六人が集まる最高戦争指導会議が開かれ、六月二二日には御前会議が開かれて、終戦工作について、討議が行なわれている。国民に対しては、依然《いぜん》として、勝利まで戦争を続ける、と鈴木《すずき》首相が言明《げんめい》していたが、閣内ではすでに終戦工作が始まっていたのである。

友人のK・Eに宛《あ》てて、石原莞爾が問題の手紙を書いた時には、日本国内はこんな状況だったのである。石原は手紙の冒頭で、

「自分は、御前会議で、終戦工作について話し合われたことは知っている。自分は前々から、この戦争は敗北するに決まっているから、一刻も早く終戦工作に入れと、近衛元首相や鈴木首相にも話していたのだ」

と、前書きしたあと、次のように続けていた。

「立命館大学で私が教えていた国防学は、学生になかなか人気があった。最近、木内宏栄という、元弁護士が臨時講師として法律学の講義をしている。何でも、政府批判をしたので、一度、警察に逮捕されたことがあるという男だ。彼と話をしていると、私以上に強烈な政府批判、戦争批判の持ち主だとわかって、楽しくなった。

久しぶりに、誰も恐れず、正直に、自分の考えを口にする日本人を見つけたからだよ。

私が彼に向かって、『この戦争は前々から負けるとわかっている。このまま戦争を継続すれば、国の玉砕になるから、ただちに終戦工作を始めるべきである。連合軍といっても、必ずしも足並みがそろっているわけじゃないから、日本としては、まず、国民党政府の蔣介石《しょうかいせき》と終戦に持っていく。いくらでも賠償金《ばいしょうきん》を払う。軍隊は全て、中国大陸から引き揚《あ》げる。そう約束して、蔣介石と和平を結んでしまえば、中国が脱《ぬ》けて連合軍はバラバラになってしまう。なぜ、それを狙わないのか』と私がいうと、今度は木内が、自分の和平案と称するものを、私に披《ひ》露《ろう》してくれた。それが面白いので、ここに書いておく」

これは石原莞爾の意見ではなくて、元弁護士木内宏栄の考えである。そう断わってから、書いたものだった。

「木内宏栄も、ただちに戦争を止《や》める点では、私と一致している。面白いのは、その後の戦後処理だ。ただ日本が戦争を止めるといっても、連合軍は納得しないだろう。そこで、自分で自分の責任を取る。自分で自分を裁くのだ。

戦争に勝つといって、戦争を始め、国民にこれだけの被害を与えたのだから、まず歴代の首相、大臣、そして陸海軍の最高責任者は全て、その責任を取って、自決してもらう。自決にあたっては、国民に対する謝罪文を書いてもらう。各地に展開する方面軍の指揮官が、降伏文書に調印し、武器を放棄《ほうき》する。現地に損害を与えた日本の師団、連隊などは、武器を放棄した後、現地の工場で、少なくとも二年間は、働いてもらう。労働による賠償である。

日清《にっしん》戦争、日露戦争、日中戦争、あるいは、第一次大戦によって手に入れた植民地は、全て放棄する。これだけのことをすれば、連合軍も日本との和平交渉に同意してくれるだろう。こうして、日本の政府や軍隊、将来に対する行動について、二度と戦争を起こさないような平和条項を作り、これを世界に発表する。

こうした考えの細部についても、私と話し合った。彼はそれを日記に書き、別に、手段をつくして、発表するつもりだと私にいった。

だから、私は、彼に、それを要約して書き、見せてくれといった。

私が、感心したら、何としてでも、それを、公表してやる。この日本を救うことができると考えたらだが。私と、共同という形で公表してもいい、と、木内にいった。そのあと、丸二日かけて、彼が書いてきたものを同封する。君の意見を聞きたいのだ。


『日本を救う道　木内宏栄』

現在の日本は、世界の眼に、どう映っているのだろうか？

日本自身、特に戦争継続を叫ぶ陸軍の軍人たちは、全国民特攻精神で、戦い続けるなら、わが民族が玉砕しても、歴史は、わが民族を賞賛するだろうと、信じているはずである。

特攻を生んだ大西《おおにし》中将は、特攻隊員に向かって、『諸君はすでに神である』と励《はげ》まし、『歴史の中に生きよ』と、いっていると聞く。

戦争で死ぬことを教え、戦争で生きることを教えないのだ。

戦争に向いているのは、生きるために戦う国であり、国民である。日本のように、死ぬために戦う国民は、戦争に向いていないのだ。

今回の戦争は、必ず敗《ま》ける。敗けて、戦争は終わる。問題は、そのあとだ。

日本は戦争に強いという幻想を、捨てなければならない。特攻ができるのは、日本人だけだ。だから、世界一の精神力を持つ民族だという幻想を、戦後も捨てきれない政治家、軍人には、自決してもらわなければならない。彼らは、また、幻想のまま、戦争を始めるかもしれないからだ。

日本人は、戦争に向いていない。まず、その自覚を、日本人全員、特に、指導者には、持ってもらわなければならない。なぜか？

第三次世界大戦が起きれば、その被害は、今の戦争のそれより、倍加するだろう。戦争に向いていない日本民族は、たぶん、巻き込まれて、亡《ほろ》びるだろう。さらに、戦争そのものも、巨大化し、地球が亡びる恐れもある。昔からの世界大戦を比《くら》べていくと、兵器は、その威力《いりよく》を幾何級数的《きかきゆうすう》に巨大化しているから、地球を破壊するところまでいく恐れもあるのだ。

ここで、私は、戦後の日本の行く道を決めようと思う。

民族として、歴史的な、地球を救う冒険をするのだ。日本は、今の戦争で、敗北することは間違いない。

その後の生き方である。私は、二つのことを提案したい。

第一、完全非武装。

第二、完全な中立。

この二つである。

敗戦国日本は、一時的に経済的な後進国になるだろう。しかし、働き者の国民だから、やがて、経済的に大国になるだろう。

その時、あらためて、完全中立、完全な非武装を世界に向けて、宣言するのだ。

それでも、日本国は、生存できるかどうか試すのだ。

巨大な中立国、非武装国家が、アジアに出現するのである。

軍備の代わりに、中立国日本は、病院船を造る。軍船より安く造れるから、一万トンから二万トンクラスの病院船を、一〇隻《せき》建造する。

病院船国である。

世界に向かって、船名を発表し、攻撃されないように、船体に、赤十字《せきじゆうじ》のマークを入れる。

船体の形は、今までの病院船の形ではなくて、航空母艦の形がいい。

飛行機の発着できる飛行甲板《かんぱん》があれば、病人を運ぶ飛行機を、発着できるからだ。

飛行甲板の下は、航空母艦の場合、戦闘機などの整備工場だが、病院船では、病院になり、入院できる病室にもなる。

どこかで、小さな戦争が起き、テロが生まれると、傷つくのは一般市民である。武器によって、傷ついても、手当てもできない。病院も爆撃で破壊されているからだ。そんな時、病院船は、近くの海岸に近づき、救急機を飛ばして、傷ついている人を、病院船に収容できるのだ。

海外派遣《はけん》だけではない。

日本国自体が、世界一、自然災害の多い国である。

関東大震災だけではない。この昭和一九年一二月七日には、東海地方で巨大地震が起き、死者・不明者一二二三人、全壊家屋一万八〇〇〇に、のぼった。さらに、翌二〇年の一月一三日には、三河《みかわ》地震が東海地方を再び襲い、三河地方だけでも一一八〇人の死者が出た。しかも、この二つの地震に際して、軍部は情報を隠蔽《いんぺい》したのだ。軍艦や飛行機をいくら持っていても、何の助けにもならないのである。

平和の時代でも、大地震が起きれば、道路、鉄道といった交通手段は破壊され、病院も倒壊する。負傷者や病人を助けるのは、難しいが、病院船団があれば、助けられるのだ。

地震のあった近くの海岸に、病院船を急行させることができるからだ。

今次大戦で、日本の戦費は、うなぎ登りに巨大化した。日露戦争でも国内総生産の六〇パーセントだったと聞いている。それをゼロにするのだ。

今から、政府は、世界に向かって、宣言せよ。

和平に応じる。

完全非武装を誓う。

完全平和、中立国を約束する。

これを実行すれば、日本は救われる」


K・Eの遺族の話によると、木内宏栄のメッセージは、石原莞爾が、印刷し、和平を考える人たちの間で、廻し読むことが、行なわれたという。

「しかし、それは、危険だったんじゃ、ありませんか？　当時、特高は、あらゆるところに、スパイを潜入させ、危険な人物を捕らえていたといいますから」

と、十津川がきいた。

「亡くなった祖父は、石原莞爾さんに、忠告したそうです。必ず、特高が、目を付けると」

「しかし、石原莞爾さんは、特高に逮捕されていませんね」

と、菊地が、いった。

K・Eの遺族は、肯《うなず》いて、

「当時、石原莞爾さんは、要注意人物として特高や憲兵に監視されていたと、祖父は、いっていました。石原さんの手紙も、検閲《けんえつ》されていたから、当然、石原さんが、木内さんに出した手紙も、特高や憲兵に検閲されていたわけです。最初、石原莞爾さんと、木内宏栄さんの二人を、国家転覆《てんぷく》の罪で、逮捕することが決まりかけていたと聞きました。ただ、石原は、元陸軍参謀本部にいたこともあるし、軍法会議で裁くことになる。そうなると、何をいい出すか、見当がつかない。当時の若い陸軍将校の中には、石原の話に、賛成する者が出てくる恐れがある。そこで、逮捕するのは、木内宏栄一人に、しぼったと聞きました」

「それで、八月に、木内宏栄さんは、兵庫県警察部の特高課に、逮捕されたんですね？」

と、十津川は、念を押した。

「そう聞いています。祖父も、特高に呼ばれて、石原莞爾さんとの関係をしつこくきかれたそうです」

「その時、どう返事をしたんですか？」

と、菊地が、きく。

「石原莞爾は、陸軍士官学校、陸軍大学校の歴史の中で、最高だったから、尊敬していると答えたそうです」

「それで、よく、逮捕されませんでしたね？」

と、十津川が、きくと、

「どうやら、特高課の中にも、石原莞爾ファンが、何人かいたようだと、祖父は、笑っていましたから、石原さんは、結局、逮捕されなかったのだと思います」

と、相手は、笑った。

「それで、なおさら、木内宏栄に対して、特高が強硬に当たることになったんですか？」

十津川が、きいた。

「そんなことも、あったかもしれません」

と、相手は、いった。

K・Eの遺族に礼をいって、十津川と菊地は、腰を上げた。

そのあと、二人は、近くのカフェに入った。

コーヒーを注文してから、十津川が菊地に、いった。

「私は、今日、さまざまなことに、興味を感じましたが、警視庁の人間としては、やはり、東京で殺された津村美咲事件の解決が、本来の仕事です。菊地さんは、今、どんなことを考えているんですか？」

「私は、もちろん、何としてでも、木内えりかと、津村美咲を殺した犯人が、誰なのか、知りたいですね。その動機もです」

と、菊地は、いった。

そのあとで、こんなことも、いった。

「十津川さんや、兵庫県警の寺崎警部さんの助けを借りて、わかったことも、いくつかあります。木内宏栄が書いたメッセージや、同人誌『日本歴史研究』に載せた原稿などで、彼が、昭和二〇年三月に逮捕されたこと、阪急社長の小林一三のおかげで、すぐ釈放されたこともわかりました」

「そうしたことは、私は、知りませんでしたから、大変、面白かったですよ」

十津川は、正直に、いった。

菊地が、続ける。

「木内宏栄は、六月になって、石原莞爾に、自分の戦争反対論と、戦後の日本をどうするかについてメッセージを書いて、それを、特高が検閲で気づいて、八月に逮捕され、拷問で殺されたこともわかりました」

十津川は、肯いてから、「しかし」と、続けた。

「戦争中のことは、わかりましたが、木内えりかと津村美咲を殺した犯人の動機は、まだ、わかっていませんね」

「そうなんです。それが、知りたくて、東京と神戸を、往復しているんです」

「全くわからないわけじゃ、ありませんね？」

と、十津川は、いった。

「そうです。木内えりかが、特高に拷問されて死んだ祖父の日記を、自費出版しようとして、何者かに殺された。ところが、その日記は、祖父を拷問死させた特高が焼却していたことがわかりました。そうなると、えりかは、祖父が雑誌に寄稿した文章や、政府や軍の大物との対話、その他を、根気よく拾い集めて、本の原稿を作り上げていたのではないか。それを知った犯人が、彼女を殺してしまった。さらに、それを調べている津村美咲も、殺してしまったということになると思うのです」

と、菊地は、いった。

「今まで、われわれは、木内宏栄の日記の内容を想像させるようなものを、いくつか見つけましたが、その中に、犯人の動機になるようなものがあるのかどうかわからない。逆に、なかったような気もするのです」

十津川が、いった。

「正直にいうと、私も、否定的なんです。犯人の動機になるものは、昭和二〇年一月から、七月までの木内宏栄の日記のどこかに、あったと思うのです。七カ月ですよ。正確にいえば、一月一日から、七月末までです。その間のどこかの月日の日記です」

「細かくいえば、三月の五日間は、木内宏栄は、逮捕されていて、日記はつけられなかったでしょうから、その五日間は、無視できますよ」

と、十津川は、いった。

「私は、しばらく神戸に行って、阪急社長だった小林一三の日記などを調べて、そこに木内宏栄が出ているページがないかどうか、見てみます」

と、菊地が、いう。

「じゃあ、私は、明日から、国立国会図書館に日参しましょう」

と、十津川が、いった。

翌日、菊地は、神戸に向かった。

十津川は、亀井刑事を連れて、国会図書館通いをすることになるのだが、その前に、兵庫県警の寺崎警部に、電話した。

菊地との話を伝えると、電話の向こうで、寺崎が、いった。

「実は、私も、昨日から、神戸の図書館廻りをしています。なかなか、木内宏栄という個人について書かれたものというのは、見つかりませんね」

その言葉で、寺崎警部も、十津川と同じことを考えているとわかる。

阪急電鉄六甲駅で起きた殺人事件の根は、被害者木内えりかの祖父木内宏栄にある。

その木内宏栄は、太平洋戦争末期の昭和二〇年八月に、兵庫県警察部の特高課に逮捕された。

逮捕理由は、反戦的言動といわれるが、二〇年三月にも、逮捕されているから、前々から、マークされていたと思われる。

木内宏栄は、特高による拷問で死亡したといわれている。直接手を下した刑事は特定できないし、すでに死亡しているだろう。

木内は、戦争中、阪急電鉄の顧問弁護士であり、社長の小林一三の個人弁護士でもあった。

そのせいで、大物との交際もあった。吉田茂や、石原莞爾である。また、『日本歴史研究』という雑誌の同人でもあった。

ここにきて、木内宏栄の孫娘で、阪急電鉄で働く木内えりかが、祖父の日記を、再生して自費出版することを考えた。

しかし、出版社と交渉中に、えりかは、何者かに殺されてしまった。

当然、問題の日記が、殺人に、関係があると考えられる。

ところが、警察が捜査に入ると、日記は、特高が、木内を逮捕した時、押収して、焼却してしまっていることが、わかったのだ。

自費出版を引き受けた出版社の担当は、えりかから原稿があるといわれたが、預かってはいなかった。

とすると、えりかが、祖父の日記としてまとめた原稿は、いったい何だったのか？

兵庫県警が、彼女のマンションを調べたが、それらしいものは、見つからなかった。

彼女の友人の菊地、兵庫県警の寺崎警部、そして途中から、この事件捜査に参加した十津川たちが、一様《いちよう》に考えたのは、本物の木内宏栄の日記は、戦争末期に、特高によって、焼却されたのは間違いないということだった。

孫娘のえりかは、その日記を、再び作り上げようとした。いや、作り上げてしまったのではないか。

木内は、『日本歴史研究』の同人で、しばしば、寄稿していた。吉田茂、石原莞爾、小林一三とは交友があり、手紙のやり取りもしていた。そうしたものを丹念《たんねん》に集めて、えりかは、祖父の日記を作り上げたのではないのか。

それも、戦争末期の昭和二〇年一月から七月までの分を、再生したと思われる。その間に、祖父木内宏栄は、二度も逮捕され、二度目の八月に拷問死しているからだろう。拷問死したのは、八月一〇日とされているが、遺体が、家族に返されたのは、八月半ばだったともいわれている。

いずれにしろ、えりかがやったように、木内宏栄の日記を作り上げることが、二つの殺人事件解決の早道だと、関係者全員が思っていることは、間違いなかった。

第六章　ねずみたちを追って

1

　十津川は、苦闘していた。

　彼だけではない。合同捜査をしている兵庫県警も苦労していることが、十津川にもよくわかっていた。

　苦労の理由はただ一つ、今回の捜査の方法が、今までの捜査と違うからである。一般的な殺人事件では、まず事件があり、何人かの容疑者が浮かんでくる。その容疑者の一人一人を追っていくのが、今までの殺人事件の捜査だった。

　今回の事件も、最初はいつもと同じだった。兵庫県の阪急六甲駅で、一人の有能な女性が殺された。四〇代の独身の女性である。しかも東京から、仕事のついでに、会いに来た男性がおり、その男性と食事の約束をしていた。その時の殺人だから、男女関係のことも兵庫県警は考えた。被害者の名前は、木内えりか。四七歳。

そこで兵庫県警は、木内えりかの男性関係を調べていったが、容疑者が浮かんでこない。そのうちに、事件の原因が、彼女の祖父、木内宏栄にあるらしいとわかってきた。すでに死亡している人間である。

しかし、容疑者が浮かんでこない。捜査を進めると、この木内宏栄という被害者の祖父は、太平洋戦争末期、弁護士として活躍し、遠慮のない政府批判あるいは軍批判で、昭和二〇年三月に一度逮捕され、終戦近くにもう一度逮捕され、特高《とっこう》の拷問《ごうもん》によって死亡したと思われている人物だということがわかってきた。

だが、戦争末期に、木内宏栄を拷問した特高の人間もすでに死亡していた。ここで、いったん、捜査は行き詰まってしまったのだが、被害者の木内えりかが、この祖父、木内宏栄の日記を自費出版しようとしていたことがわかってくる。東京の出版社に話を持っていき、その出版社の話によれば原稿は出来ていて、出版契約も交わしていたという。とすれば、この出版自体が殺人の動機ではないのか？

兵庫県警は、この線を捜査したが、兵庫県の特高課が問題の木内宏栄の日記も押《おう》収《しゅう》して、焼却《しょうきゃく》してしまっていることがわかってきた。となると、孫娘の木内えりかが自費出版しようとした祖父の日記というものは、どんなものなのか。コピーがあったとは思えないので、おそらく祖父が発表した手記、あるいは対談の発言などを拾い集めて、木内宏栄の日記を再構成したのではないか。ならば、それと同じことをやれば、自然に犯人が浮かび上がってくるのではないか、と考えた兵庫県警は、この線で捜査方針を変更した。

この捜査には、殺された木内えりかと食事を楽しむはずだった、東京の写真家菊地実も協力した。彼は、阪急電鉄の取材を手伝ってくれた、若いカメラマン津村美咲を使って、資料集めに動いていた。その津村美咲が東京で、何者かに殺されてしまったのである。

この時点で、警視庁捜査一課の十津川班が、兵庫県警との合同捜査に入った。今回の捜査は、十津川にとって、今までの事件とは、少しばかり勝手の違った捜査だった。

第一に、捜査対象が、戦争末期に死んだ木内宏栄という弁護士だった。しかも、その木内弁護士は、阪急電鉄の顧問弁護士でもあり、また阪急電鉄の社長小林一三個人の弁護士でもあった。その関係で、有名政治家吉田茂や、異端の軍人石原莞爾などとも交際があったので、捜査は隠密《おんみつ》にしないと、思わぬところで障害が出るおそれがあった。そこで十津川は、兵庫県警の寺崎警部と話し合い、木内宏栄に対しての調査は、表立ってやらないこと、内密に進めるように、頼んだ。

存在しない木内宏栄の日記を、捜査の中心に置いたことから、いっそう、捜査は難しくなった。

失われた日記である。

行方不明の日記を捜《さが》す捜査なら、十津川もやったことがある。

失われた手紙、写真、絵画などを捜す捜査は、別に珍しくはないからだ。

一五年前の診断書を捜す捜査もあった。何しろ、たった一枚の診断書である。それを書いた医者もすでに死亡し、その医者が働いていた病院は、火事でなくなっていた。

何度も絶望しかけ、迷宮入りの危険もあったが、そのあとで、やっと、しわくちゃになった診断書を見つけて、歓声《かんせい》をあげ、事件は解決した。

だが、今回の捜査に比《くら》べれば、一枚の診断書捜しは、気持ちの上では、楽だったと、十津川は思わざるを得なかった。

とにかく、その診断書が実在することは、わかっていたからである。

ところが、今回、捜そうとする日記は、七〇年以上前に、焼却されてしまっているのである。

簡単にいえば、実在しない日記を捜す捜査なのだ。

正直にいえば、バカげた捜査である。

日記を捜すのではなく、日記を作る捜査である。

そのためには、吉田茂、石原莞爾、小林一三といった有名人、それも、すでに亡き有名人の日記や、手記、資料を調べ、木内宏栄の言説《げんせつ》が出てくる部分を見つけ出さなければならないのだ。

下手《へた》をすると、吉田茂たちの遺族や、関係者から、苦情を突きつけられるおそれがあった。

いや、彼らの名誉が傷ついたと、告訴されるおそれもあったのである。

そこで、捜査は、隠密裏《おんみつり》に行なうことが、決められた。

それでも、捜査が、漏《も》れて、捜査本部に苦情が寄せられたことがあった。

吉田茂、石原莞爾、小林一三といった有名人には、遺族や関係者の他に、顕彰会《けんしょうかい》などもあって、監視の眼を光らせていて、少しでも傷つきそうなことがあれば、直《ただ》ちに、抗議してくるのだった。

弁護士が介在すると、捜査は、足踏みしてしまう。

それどころか、捜査の中止に追い込まれかねない。

そこで、警視庁と兵庫県警との合同捜査会議の席で、「捜査の隠密化」が、決められたのである。

さらに、その直後の記者会見でも、記者たちに向かって、

「関係者のプライバシイが、傷つくおそれがあるために、捜査の隠密化に協力」

を、要請した。

捜査に目処《めど》が立つまで、あるいは、容疑者が浮かび上がるまで、記者会見は行なわないことを、了承するように、頼んだのである。

当然、記者団から、猛烈な抗議がきた。

「誘拐事件のように、人命の危険がある時は、報道規制があっても仕方がないし、われわれも、協力してきました。しかし、今回は、何が危険にさらされるというんですか?」

「危険にさらされるのは、個人の名誉です」

と、三上《みかみ》本部長が言った。

本部長にしては、名セリフと思ったのだろうが、逆に、記者団の怒りを倍加させた。

それでも、警察は、プライバシイを守るためという理由を掲《かか》げて、押し切った。

それから、今まで、警視庁も、兵庫県警も、刑事たちは、捜査について口をつぐみ、記者団とのケンカは続いた。

記者たちは、ボイスレコーダーを片手に、刑事たちをつけ廻《まわ》した。

中には、十津川の自宅に、盗聴器を取り付けようとして、捕まった記者まで現われた。たぶん、警察が、記者会見を、行なわず、捜査状況がわからずに、いらだっての行為だったのだろう。M新聞のその記者を、十津川は、逮捕せずに釈放した。

その時に、十津川は、時間をかけて、説明した。

「記者の皆さんも、わかっているように、現在の捜査の目的は、木内宏栄の日記の再生です。もちろん、再生自体は無理なので、木内宏栄と交際のあった人々の日記、手紙、あるいは座談会の発言から、逆に、木内宏栄の言動を推測するという遠廻りな作業が、必要なのです。これが、難しいというより、今は亡き有名人なので、配慮が必要なのです。それに、われわれが知りたいのは、戦局が悪化した昭和二〇年の木内宏栄の言動なのです。皆さんもご存じのように、昭和二〇年は、日本が、もっとも危機にあって、政界も、軍部も、国民の間でも、アメリカとの徹底抗戦か、和平交渉かで、大きく揺れていた。絶望的な特攻作戦の実施で、毎日のように、若者の命が失われていた時期でもあります。それだけに、当時の人々の言動は、微妙で、集めるのに神経を使います。皆さんが、この件を報道すると、人々の口が固くなって、われわれ警察の捜査は難しくなってしまうのです」

と、十津川は、警察の立場を説明してから、

「幸い、われわれの、こうした地道な捜査も終わりに近づきつつあります。あと半月、いや一〇日間、報道を控えていただきたい。そうしていただければ、間違いなく、われわれは、木内宏栄の日記の再生に成功し、容疑者が浮かび上がり、逮捕することができるのです。あと一〇日です。お願いしたい」

と、要請して、釈放した。

このM新聞の記者の名前は、木戸敬《きどけい》である。K・Kというサインで知られる、腕のある社会部記者だった。

十津川の説得は、成功したと思われるのだが、その後、奇妙な噂《うわさ》が流れた。

警察が、木戸記者と妙な取引きをして釈放したというのである。

間もなく犯人逮捕になるが、その際、警察は、真っ先に、M新聞に、その名前を知らせると、約束したというのである。

当然、他の新聞社の記者たちが、警視庁に抗議した。

もちろん、警視庁は、三上本部長が、否定した。

「われわれは、そんな取引きはしない。犯人逮捕が目前に迫っている時に、そんな取引きをする必要は、全くありませんからね」

と、三上は、微笑して見せたのだが、この微笑が、また問題になった。

本来なら、あらぬ疑いをかけられたのだから、責任者として怒るべきなのに、警視庁の本部長が、笑ったのは、おかしいというのである。

新聞記者たちは、神経過敏《かびん》になっていた。

問題の、木内宏栄自身は、有名人ではない。

しかし、彼と関係のある名前は、大きいからだった。

吉田茂
石原莞爾
小林一三
いずれも大物である。その上、日本がもっとも、大きく揺れた昭和二〇年の彼らの言動が、再認識される可能性が高いからである。

吉田茂は、その時期、本当に和平工作に走っていたのか？

石原莞爾は、本当の英雄なのか？

小林一三は、阪急社長として、裏で和平工作をしていたのではないか？

ひょっとすると、終戦直前の日本の裏面史が、書き変えられることに、なるかもしれないといった声まで、聞こえていたからだった。

その主役になったM新聞の木戸記者は、他の新聞から、追いかけられることになった。

否定する。とにかく、警察と取引きはなかったと、否定し続けるのが、普通の記者だが、M新聞では、木戸記者に、半月間の長期休暇を与えて、第一線から外《はず》してしまったのである。

しかも、M新聞の広報は、

「木戸記者は、疲れていたから、長期休暇を与えたので、他に理由はありません」

と、発表した。

当然、他の新聞社は、

「木戸記者は、今、何処《どこ》にいるんですか？　彼のスマホにかけても、出ないんだが」

と、きく。

「彼は、この際、日本全国を廻ってみるといっているので、現在、何処にいるか、わかりません」

と、M新聞の広報は答えたのである。

この返事に、他紙の記者たちは、敏感に反応した。

まず、半月間の長期休暇というのが可笑《おか》しいというのだ。

なぜなら、警察が、あと半月か一〇日あれば、犯人逮捕ができると、口にしていたからである。

M新聞は、それに合わせて、木戸記者に半月間の休暇を与え、彼に、逮捕前の犯人に接触させ、特ダネを手に入れようとしているのではないかと、疑ったのである。

かくして、各新聞によるM新聞の木戸記者捜しが始まった。

2

警視庁と合同捜査に当たっている兵庫県警にも、新聞記者が殺到した。

質問は、一点だった。

「M新聞と、取引きをしたのではないか？」

である。

県警本部長が、対応した。

M新聞以外の新聞記者を集めて、記者会見を開いて、説明した。

「犯人、現在は容疑者の段階だが、逮捕が間近な現在、一新聞とわれわれが取引きするなど、絶対あり得ません。ご存じのように、微妙な捜査を要求されるので、皆さんにも、静かに見守っていただきたいのです。吉田茂、石原莞爾、小林一三といった偉人の名誉を傷つけかねないからです。それを考えて、ぜひ、皆さんには、静かに、捜査を見守っていただきたいのです」

「それでは、犯人は、どんな人間かだけでも、いってください」

と、記者たちが、要求した。

それに対して、本部長が、答えた。

「意外な人物です」

その答えに肯《うなず》く記者もいたが、文句をいう記者もいた。

「殺人犯は、いつだって、意外なんだから、答えになっていない」

と、いうのである。

たとえば、被害者が十二歳の少女で、殺した犯人が、予想どおり父親であっても、

「いつも優しい父親で、一緒に旅行したり、中学入学に万歳《ばんざい》を叫んだりしていて、全く意外でした」となれば、意外な犯人に、なってしまうと文句をいうのだ。

兵庫県警では、とにかく、

「取引きは絶対しない。犯人逮捕直前なので、ぜひ協力して、騒がないでほしい」

と、頭を下げ続けた。

おかげで、記者たちの警察参りは消えたが、M新聞の木戸記者捜しは、続いた。

木戸記者が、犯人を教えられたか、ヒントを与えられて、犯人に会おうと、日本中を捜している。半月間の休暇を与えられてと、他紙の記者たちは、推測しているのだ。

もし、木戸記者が、犯人を見つけて、会見記でも発表したら、他紙は、完全に「特落ち」になってしまう。それを防ぎたくての木戸記者捜しなのだ。

心配性の三上本部長は、十津川に向かって、

「大丈夫だろうね？」

と、きいた。

「大事《おおごと》になって、警察の責任を問われることは、ないだろうね？」

「大丈夫です。記者同士の特ダネ合戦で、われわれとは、関係ありませんから」

「警察が、木戸記者だけに犯人を教えたと思い込んでいる記者もいるらしい。その点で、疑念を持たれる心配はないんだろうね？」

と、三上は、きく。

心配性らしく、心配は、つきないのだ。

十津川は、微笑した。

「木戸記者には、捜査が終了に近づき、容疑者も明らかになっているとは、いいましたが、その名前を教えたわけじゃありません。何の問題もなく、われわれは、捜査を続ければいいのです。間もなく、犯人逮捕になれば、全ての疑惑は消え去ります」

「半月以内に犯人逮捕と警察が教え、M新聞は、それに合わせて、木戸記者に半月間の休暇を与えている。そんなことからも、他紙が、不安に感じているんじゃないのかね？」

「それも、勝手な勘《かん》ぐりで、われわれは関係ありません」

「われわれが、犯人を逮捕した時、そばに木戸記者がいて、警察に教えられていたと暴露《ばくろ》することには、なりはしないだろうね？」

「ありませんが、木戸記者が、勝手に犯人を見つけ出して、それをわれわれに知らせなかったら、犯人隠匿《いんとく》で、逮捕すればいいんです。何の問題もありません」

と、十津川は、いった。

それでもといったらいいのか、それでなおさらというべきなのか、他紙のM新聞木戸記者捜しが、激しくなった。

大新聞らしく、日本全国の支社を使っての大捜査である。

地方の有名旅館からの苦情が警察に寄せられることにまでなった。

「――新聞の記者が訪ねて来て、一人の写真を見せ、この男が来なかったかと、執拗《しつよう》に、きかれた」

「この写真の男が、連れを捜していたと思うんだが、その相手を、教えてくれと、いって、なかなか帰ろうとしない」

という苦情だった。

写真は、明らかに木戸記者だった。

彼が捜している相手というのは、今回の事件の犯人のことだろう。先廻りして見つけて、特ダネの横取りをするつもりなのだ。

吉田茂、石原莞爾、小林一三の遺族や、顕彰会、記念館などからの苦情も、寄せられるようになった。

木戸記者が見つからないことで、他紙の記者たちが、今回の事件に関係があるといわれる、この三人に、目標を変えたのである。

三人の関係者に会った時の記者たちの質問は同じだったという。

木戸記者の写真を見せて、

「この男が、来ませんでしたか？　もし来ていたら、何をきいていたか教えてください」

と、きいて廻っているというのである。

石原莞爾顕彰会から、直接十津川に電話があった。

今回の事件のことで、十津川が、直接、木内宏栄のことをききに行ったことが、あったからである。

顕彰会の理事が、電話で、いった。

「石原莞爾ほど、評価が割れる人間はいないので、新聞に、どう書かれるか心配なのです」

「わかります」

と、十津川は、肯いた。

彼も、石原莞爾という人物に、関心があって、何冊か、石原について書かれた本を読んでいた。

本といっても、石原を日中戦争から太平洋戦争に到る戦乱の張本人だと批判する本もあれば、逆に、石原が、陸軍の中枢《ちゆうすう》にいたら、戦争は起きなかったろうと書く本もあるのだ。

その根が、石原が関東軍の参謀だった時の満州事変にあるのは、どちらの本も指摘していた。

ただ、今回の事件に限れば、登場する石原莞爾は、全て、戦争反対である。日中戦争には、最初から、反対だったし、それに続く太平洋戦争にも、当然、反対だった。

「したがって、今回の事件に関する限り、石原先生の名誉が傷つくことはないと、確信します」

と、十津川は、回答した。

そのあとの捜査会議で、三上本部長の質問に、次のように、十津川は、自信を口にした。

「いろいろと問題が生まれていますが、今回のような事件では、よくあることで、こうした雑音は無視して、われわれは粛々《しゆくしゆく》と、捜査を進めていけばいいことであります。半月以内に、犯人を逮捕することについては、さらに、自信を強くしています」

「心配は、全くないのかね？　新聞記者たちは、いろいろなところで、迷惑をかけているようだが」

と、三上が、いう。

「唯一《ゆいいつ》の不安は、捜査に協力していただいた方々、特に、吉田茂、石原莞爾、小林一三の三氏の遺族の方々、関係者の皆さんに、何か迷惑をおかけするのではないかということです。それを考え、注意して、捜査を進めることにしておりますから、本部長は、安心して見守ってください」

と、十津川は、答えた。

「隠密捜査は、これからも続けるということだね？」

本多《ほんだ》一課長が、確認するように、十津川を見た。

「今までのところ、上手《うま》くいっており、真相に近づいているので、このまま、続けたいと思います。繰り返しますが、この捜査に徹したおかげで、隠れていた容疑者が、あぶり出され、近く逮捕できることになりました。難しい捜査でしたが、その苦労が実ったものと思っています」

と、十津川は、いった。

3

ところが、思わぬ方向から、予想しなかった事件が、突発した。東京の中央新聞が、この隠密捜査をすっぱ抜いたのだ。

「日本警察特有の秘密主義」

と、題して、市民の協力を要請しながら、日本の警察が、いまだに隠密捜査を続けているとして、今回の事件を取り上げたのである。社会面の片面いっぱいを使った、大きな記事になっていた。

「現在、東京と兵庫の合同捜査になっている二つの殺人事件がある。いずれも、女性が殺された事件である。背景が二つとも、同じだと考えられるということで、現在、警視庁と兵庫県警が、合同捜査に当たっている。ところが、いざ、記者会見となると、やたらに口が重いのである。記者が質問すると、『現在、捜査は順調に進んでいる』という。たしかに、刑事部長や、捜査一課長の顔を見ていると、順調に進んでいることがわかる。しかし、なぜか、説明がない。それでわれわれは、内密に、どんな捜査が行なわれているのかを、密《ひそ》かに調べてみた。結果、わかったことが二つあった。

第一は、問題の木内宏栄なる人物が、戦争中に、吉田茂、石原莞爾、小林一三など、有名人と付き合いがあり、どうしても捜査が、こうした有名人に及んでしまう。そのために、相手を傷つけてはいけないという、つまらない遠慮から、捜査を内密に進めているのではないかということである。しかし、殺人捜査である。何の遠慮が、必要なのか。三氏は、すでに故人である。故人もまた、自分たちが捜査の役に立てば、あの世で喜ぶだろう。そう思って、堂々と捜査状況を、明らかにすればいいのである。

第二は、捜査の進行状況である。最初のうち、捜査が進展しなくて、困っていたらしいが、ここにきて、記者会見のたびに思うのが、捜査員の顔色のよさである。つまり捜査は、最終段階にきているのだということがわかる。容疑者も、絞られているに違いない。あと半月以内に、真犯人を逮捕できると、捜査員の一人が内密に、私にニコリとしながら、教えてくれたことがある。それなら、われわれマスコミが、警察より先に犯人を見つけ出して、その鼻を明かしてやろうではないか。そのつもりで、私たち中央新聞の社会部記者たちは、現在執拗に、真犯人と思われる相手を追っている。どちらが先に、真犯人を見つけ出すか、秘密主義の警察が勝つか、われわれが勝つか。それを見守っていただきたい」

十津川は、三上本部長から、突然、呼びつけられた。

「中央新聞を読んだか」

と、いきなりきかれた。

「読みました」

「あれに載《の》っている記事の中で、記者が知り合いの刑事に教えてもらって、犯人逮捕が近いことを知ったと、書かれてある。確か、君の友人が、中央新聞にいたな」

「大学の同窓が、社会部記者をやっています」

「たぶん、そいつだ。君が喋《しゃべ》ったんじゃないのか？」

「とんでもない。今回の捜査については、捜査の状況が知られないように、気をつけていました」

「それなら、中央新聞が、勝手に書いたということかね？」

「そうとしか思えません。もし、わかっても、捜査について記事を控えるようには、頼んでおいたんです。完全に、裏切られました」

十津川が、いった。

「それなら、中央新聞の記者を呼びつけて、文句をいってもかまわないな。特に、君の友人の田島という記者を呼んで、なぜ知ったのか、きいてみる」

「ぜひ、私も田島に、きいてみたいと思っています」

と、十津川はいった。

中央新聞の田島記者が、弁護士を連れて、警視庁にやって来た。対応するのは、三上本部長と本多一課長。それに、十津川班のリーダー、十津川である。

三上は怒りを露《あら》わにして、田島を見すえた。

「あの記事を書いたのは、君か」

「私一人が書いたものでは、ありません。私と若干名《じゃっかんめい》の社会部記者が、協力して書いたものです」

「君は、約束を破ったんだ。最初の記者会見の時、われわれは記者たちにお願いした。今回の捜査は難しいことになる。また、影響力が大きいので、しばらくの間、記事にしないでくれ。確か、そう、お願いしたはずだ。どうして破ったのかね」

「いや、何回か、われわれは書こうとして、やめました。約束があったからですよ。しかし、捜査が終盤に近づいたというのに、いまだに記者会見も開かれず、記事を封印したままでしょう? こんなことは、この自由な日本では、許されませんよ。言論の自由を重んじなければ、何のためのわれわれの社会か、わからなくなる。第一、新聞が、警察の意のままになって、殺人事件の捜査について報道しなければ、国民は、現在、何が行なわれているか、わからないことになりますよ。それじゃ、警察国家じゃないですか。だから書いた。どこが悪いんですか？」

田島が、いい返した。

「十津川君。田島記者は、君の友人だろう？　友人の君から、警察の困惑がどんなものか、説明してやってくれ」

と、三上がいう。それを受けて、十津川が、田島にいった。

「新聞記者の君が、言論の自由をいうのはわかる。警察の秘密主義に、反対するのもわかる。しかし、今回の事件は、特別なんだ。われわれは、昭和二〇年に死んだ木内宏栄のことを調べている。すでに死亡した人物について、調べるということは、彼と交流があった吉田茂や石原莞爾、阪急電鉄社長の小林一三について、調べることにつながってくる。それも、昭和二〇年、最も日本が激しく揺れた時のだ。あのころは、何が正しく、何が間違っているかも、わからなかった。その時に発した言葉、あるいは書いたものを、問題にしようとしているんだ。今の正義が、あの戦争末期の正義だとは限らない。だから新聞記者の君たちに、秘密捜査にしたいから、了解してくれと頼んだんだ。それを君は、破った。誰かが傷つくことになったら、どうする？」

「いつまで待てばいいんだ。私が調べたかぎりでは、すでに君たち警察は、犯人に近づいている。名前もわかっている。ただ、証拠がないだけだ。そうなんだろう？　それでもなお、警察は、秘密を守れ、犯人が逮捕されるまで、黙《だま》っていろというのか。いったい、誰の名誉を守っているんだ。犯人の名誉を守っているのか？　それとも、七十数年前に、木内宏栄と関係のあった有名人の、名誉を守っているのか？　その子孫の名誉を守っているのか？　答えてくれ」

「駄目《だめ》だ」

と、十津川がいった。

「間もなく、事件は解決する。ただ、証拠がない。この段階で、君たちに、いろいろと書き立てられたら、全てが混乱に陥《おちい》ってしまう。傷つかなくてもいい人たちが、傷ついてしまう。それだけは避けたいんだ。わかってくれ」

「駄目だ」

と、今度は、田島がいった。

「どうして駄目なんだ」

「今、警察の要求を受け入れたら、次の捜査でも、秘密を守れと、いうに決まっている。警察というところは、そういうところだ。それに、中央新聞としては、警察に宣戦布告をしたんだ。それを取りやめて、口を閉じることはできない。われわれのほうが、犯人に近づいているはずだから、君たち警察より先に、犯人の名前を挙《あ》げて、警察の無能を笑ってやる。それを止める権利は、警察にはないはずだ。そうでしょう？先生？」

と、田島は、連れてきた弁護士の顔を見た。

弁護士が、妥協《だきよう》案を、提示した。

「中央新聞は、警察の要求に応じて、今後、今回の事件についての報道を自粛《じしゆく》する。しかし、犯人がわかった時、あるいは動機がわかった時には、何よりも先に、中央新聞に知らせ、いわゆる特ダネを提供する。その線で、妥協したらどうでしょうか？」

と、弁護士がいった。十津川が首を横にふる。三上本部長がいった。

「そんな要求は、拒否する。一つの新聞社だけを、優遇するわけにはいかない。したがって、われわれの要求は、今から、事件が解決するまで、中央新聞は、事件についての報道をやめる。その要求だけだ。ギブアンドテイクではない」

今度は、弁護士が田島を見た。田島が、首を横にふっていった。

「われわれは、言論の自由を守るために、あの記事を載せたんですよ。それを、引っ込めるわけにはいかないし、警察と妥協したら、それこそ本当に、言論の自由を失ってしまう。だからこれからも、いや今からも、事件を追って報道する。幸い、われわれのほうが警察よりも一歩進んでいるから、犯人を見つけ出すのは先だと思っている。われわれが望むのは、妥協とか、過去の人間の秘密を守るとかいったことではなくて、言論による言論のための競争ですよ。宣言しておきますよ。われわれは、間もなく犯人に、たどり着く。その時には、何といわれようと、それを発表する」

「警察と戦うつもりなのかね」

三上がきいた。

「そのつもりですよ。それが中央新聞のモットーでもありますから」

田島がいった。

「残念ですね」

と、同行してきた弁護士が、十津川にいった。

「君を逮捕する！」

三上本部長が叫んだ。

「それはできませんよ」

弁護士がいい返した。

「中央新聞が要求したのは、言論の自由です。それに対して、捜査の邪魔になるからと、逮捕することはできませんよ」

「こうなったら、一刻も早く警察を出し抜いてやりたいからね。先生、すぐ、帰りましょう」

田島が、弁護士を促《うなが》して、腰を上げた。

「逮捕できないのか」

と、三上が悔しそうにいった。

「無理ですね。あの弁護士のいったとおり、向こうが要求しているのは、言論の自由ですから。それを法律で拒否したり、逮捕したりすることはできませんよ」

と、本多一課長が、そばから、いった。

「どうするつもりなんだ」

三上が、今度は十津川を見た。

「方法は一つしかありません。中央新聞より先に、今回の事件の犯人を逮捕することです」

と、十津川はいった。

4

田島は興奮していた。少し、身体《からだ》が震えている。警視庁の駐車場で、車に乗り込む。助手席に乗った弁護士が、

「どうします？　これから本社に戻りますか？」

と、きく。

「いや、行ってみたいところがあるんだよ」

「どこですか？」

「東京で、津村美咲が殺された。場所は、自由が丘駅の近く。その場所に行ってみたい。先生はどうです？　時間ありますか？」

「いいですよ。お供《とも》しましょう」

弁護士は、いってくれた。

田島の運転で、車は動き出した。助手席の弁護士が、ルートを調べてくれた。それにしたがって、田島が、車を自由が丘に向けた。

「少し、身体が震えていますよ。興奮しているんだ」

田島が、正直にいった。助手席で、弁護士がニッコリする。

「そうでしょうね。私だって、興奮していますよ。警視庁と、まともにケンカするんだから」

「法律的にはどうなんですか？　われわれは勝てますか？」

「勝てるかどうか、ちょっと心配です」

「どうして」

「この一件で、たぶん、われわれは監視されて、少しでも法律的なミスを犯せば、すぐ逮捕される。だから自由が丘まで、慎重に運転してくださいよ」

と、弁護士がいった。

「ああ、心得ている。しばらくは、絶対に交通違反を起こさないようにするよ」

田島がいった。

すでに、周囲には、夕闇が迫っていた。ライトを点《つ》け、地図を見ながら、助手席の弁護士の指示にしたがって、スピードを緩《ゆる》めた時、突然、横からトラックがぶつかってきた。相手は三トントラックだが、何しろこちらは、国産の軽自動車である。横転しかけて、あやうく立て直した時に、二回目の攻撃が襲ってきた。交差点だったので、必死にブレーキを踏んだが、駄目だった。車止めに衝突した。

さらに急停止した田島の車に向かって、容赦《ようしゃ》ない第三撃が襲った。

(死ぬのか)

と、一瞬思った。ドアが、ひしゃげて、脱出することもできない。

トラックが、いったんバックした。四回目の攻撃に移ろうとしているのだ。

その時、サイレンが鳴った。

(パトカーのサイレンか)

思った瞬間、パトカーが割り込んで来て、飛び降りた刑事の一人が、拳銃を取り出し、第四回の攻撃をしようとするトラックに向かって撃《う》った。

それでも襲いかかろうとするトラックに向かい、もう一人の刑事が、容赦なく拳銃を撃った。

その様子を見て、田島は、

(助かった)

と、思った瞬間、気を失っていた。運転席で、フロントガラスに頭を打ちつけ、血が噴《ふ》き出していた。助手席の弁護士が、

「………」

と、何か言ったが、田島には、その声は聞こえなかった。

気がついた時は、病院のベッドに寝かされていた。

眼を開けた時、そばに十津川がいた。

「大丈夫だ」

と、十津川がいった。

「さっき医者にきいたら、単なる脳震盪《のうしんとう》だそうだ」

「だが、死ぬかと思ったぞ」

と、いってから、

「おれを殺そうとした犯人は、捕まったのか？」

「ああ、逮捕したよ。ずっと黙秘《もくひ》を続けている。身長一八〇センチ、体重八五キロ。年齢は推定三〇歳」

「じゃあ、今回の事件の犯人じゃないのか」

「犯人じゃないな。ジャンパーの両方のポケットに、合計二〇〇万円の札束《さつたば》を入れていた。だから、真犯人に金をもらって、君を殺そうとしたんだ」

「これからどうなるんだ？」

「犯人は逃げ出すだろう。すでにこの事件は、兵庫県警にも知らせてある。それから、警視庁が各警察署に連絡して、全ての空港、港へ刑事を派遣した。犯人が、海外に逃げようとすれば、逮捕できる」

「それはよかった」

「犯人が逮捕されれば、君には五〇〇万円の協力金が支給される。部長に、そのように伝えといたよ」

と、十津川がいった。

「そんな金はいらないよ」

「実は、君たちを尾行していた」

「想像していたよ。警察に抵抗すれば、嫌がらせの尾行があるだろうとね」

と、田島が、いう。

十津川は、苦笑する。

「ともかく、おかげで、君を助けられたんだ」

「これから、どうなるんだ?」

「君が死んで、殺し屋が逃げていたら、真犯人は、しばらくは捕まらないだろうと、安心しているはずだ。だが、君が助かって、殺し屋は逮捕された。それを知れば、真犯人は、あわてて、逃げ出すはずだ」

「絶対に、逃がさないでくれよ」

「大丈夫だから、この際、しばらく入院して、ゆっくりしたらどうだ」

と、十津川が、いった途端、

「婦長さん！」

突然、田島が叫んだ。

驚いて、看護師長が、飛んで来た。

「おれは、いつ退院できるんですか？　身体のどこも傷ついていないんだ」

「でも、先生は、念のため、二四時間は、入院してほしいと、いわれています」

「そりゃ駄目だ。すぐ退院させてくれ」

「もう夜ですよ。午後一一時です。朝までいてください」

と、看護師長は、いい、

「どうしたらいいんですか？」

と、十津川に、きく。

「こいつは、いい出したら聞かない奴《やつ》です」

と、十津川は、笑ってから、田島に向かって、

「婦長さんのいうとおり、間もなく深夜の一二時だ。今から退院しても、何もできな

いぞ。夜が明けてから、ゆっくり退院しろ」

「真犯人が、逃げてしまう。おれを殺そうとした奴を、おれの手で捕まえたいんだ」

「大丈夫だ。私たちが、捕まえる」

「信用できない」

と、いうと、田島は、携帯で、同僚の記者を呼び出した。

「おれを殺そうとしたトラックの線を、調べてくれ、盗難車なら、どこで盗まれたか、殺し屋が、乗って来たものなら、どこから乗って来たかだ」

大声で、指示している。

十津川は、それを見ながら、病室を出た。

待たせておいたパトカーで、渋谷警察署に向かう。

トラックで、田島を殺そうとした犯人を、留置している。それを、亀井と二人で、訊問《じんもん》する。

「君が殺そうとした田島記者は、無事だ。よかったな。死んでいたら、一〇年は固いからな」

と、十津川が、声をかけた。

男は、黙っている。

大きな男である。陽焼《ひ》けしているから、もともと外の仕事をしているのか。

その男の前に、ジャンパーのポケットに入っていた一〇〇万円の束二つを置いた。

「それは、君が稼《かせ》いだ金だ。それとも、殺しに失敗したら、返さなければならないのか？」

「――」

「君が黙っていると、君を主役と考えざるを得なくなる。君が、殺人計画を立て、それを実行したことになる。殺人に失敗したとしても、罪は、重くなる。君が、誰かに頼まれたのなら、主役は、頼んだ人間で、君の罪は軽くなる」

「――」

「黙っていると、君の罪は大きくなる。何しろ主役だからね。二〇〇万も使えなくなるよ。大事な人生を、自《みずか》ら短くする必要はないと思うがね」

と、十津川は、説得にかかった。

が、相手は、黙りこくったままである。

若い日下《くさか》刑事が顔を出して、十津川を見た。

十津川は、男の訊問を、亀井に委《まか》せて、取調室を出た。

日下が、小声で、

「ただ今、成田《なりた》空港で、捕り物劇《とりものげき》があったそうです。どうやら、われわれの捜していた犯人のようです」

「それで、逮捕したのか？」

「取り逃がしたようです。タイのバンコク行きの飛行機に搭乗予定の客で、名前は、野村英明《のむらひであき》。年齢三八歳。住所は、渋谷区広尾《ひろお》×―一―二　ブリーヒルズ一一〇二。未申告の札束を持っていました。今、田中《たなか》と三田村《みたむら》の二人が、広尾に向かっています」

「逮捕できそうか？」

「空港中心に、一キロ、五キロ、一〇キロごとに、検問所を設《もう》けて、この圏外に逃げようとする犯人を逮捕する構えです」

「職業は、わからずか？」

「運転免許証を落として逃げましたから、住所などは、わかりましたが、その他は、わかりません」

続いて、兵庫県警の寺崎警部からも、連絡が入った。

「関西空港に張り込んでいたところ、不審な女性を逮捕しました。行先は、タイのバンコクですが、トランクの中に、アメリカドルで、二〇〇万ドルを隠していて、未申告でした。名前は、野村英子《えいこ》、三二歳です」

と、寺崎が、いう。

十津川は、微笑した。成田空港から逃亡しようとした男の名前が、野村英明だったからである。

「野村英子は、関西では、有名人ですか？」

と、十津川が、きいた。

「野村ビジネスという会社があります。総合会社という感じで、戦後、急激に伸びてきた会社です」

「野村英子というのは、その会社の社長ですか？」

「兄妹《きょうだい》三人で経営していることで有名です」

「三人の名前、わかりますか？」

と、十津川は、きいた。

「野村英樹《ひでき》、野村英明、そして野村英子です」

「長男が、野村英樹ということですか？」

「そうなっています」

「その長男は、今、どこにいるんですか？」

「連絡を取ろうとしているんですが、取れていません。野村ビジネスにも電話しているんですが、なぜか、かかりません」

と、寺崎は、いう。

そのあと、寺崎が、付け加えた。

「この兄妹は、阪急電鉄の大株主です」

「面白いですね」

と、十津川は、いった。

(ねずみたちが、一斉《いっせい》に、逃げ出したのか?)

第七章　終章の日記

1

正直にいって、十津川たちの捜査は壁にぶつかっていた。警視庁の捜査が、壁にぶつかったということは、合同捜査中の兵庫県警の捜査も壁にぶつかっているということである。それは、失われた一人の人間の日記を、再構築することの難しさでもあった。戦時、それも昭和二〇年（一九四五年）の戦争末期の日記だからでもある。

その日記の中に、今回起きた兵庫県と東京の殺人の犯人につながる記述があった、と十津川は信じている。逆にいえば、その日記の記述が復元できなければ、容疑者も浮かんでこないということでもある。

見つけなければならないのは、昭和二〇年の木内宏栄の日記に載《の》っている人物。もちろん、その人物は戦争中あるいは戦後に亡《な》くなっているだろうから、今回の犯人ではあり得ない。可能性があるのは、その人物の子供または、その孫である。いい換《か》えれば、犯人の祖父母と思われる人物を、まず見つけ出さなければならなかった。

木内宏栄が、日記のどこかに記《しる》していたと思われる名前。その人物は終戦の年、昭和二〇年八月に木内が兵庫県の特高課《とっこうか》に逮捕され、おそらく拷問《ごうもん》によって殺されたであろうから、その直前に書かれたものだと思われる。しかし、今までのところ、木内に関する資料には、それらしい記述も、人物も見つかっていなかった。

それで、大きな壁にぶつかっていたのだが、ここにきて犯人あるいは容疑者のほうから、十津川たちの前に姿を現わしたのである。それが、今回の野村兄妹《きょうだい》だった。もちろん、三兄妹とも戦後生まれだから、木内宏栄が昭和二〇年に書いた日記の中に出てくる人物ではない。そこで十津川は、この三兄妹の父親、あるいは祖父が、どんな人物なのかを調べることにした。

まず、三人の父親の野村英太郎《えいたろう》だが、昭和二二年（一九四七年）の生まれである。完全な戦後派なのだ。したがって昭和二〇年に亡くなった木内宏栄の日記に載っているはずはない。とすれば、彼ら野村三兄妹の祖父ということになってくる。

祖父の名前は、野村真一郎《しんいちろう》。この人物について調べることにした。その一方で十津川は、三兄妹の長男英樹四〇歳を逮捕するために、東京駅八重洲《やえす》口にある野村ビジネス東京本社へ、亀井刑事ら一〇人を向かわせた。

一時間後に連絡があった。亀井が興奮した口調で伝える。

「現在、社長室に来ています。椅子《いす》の上で、社長の野村英樹は拳銃自殺を遂《と》げています。また、ソファでは、アメリカの女優だったといわれている妻カリナも、拳銃で撃《う》たれて倒れています。おそらく社長の英樹が、妻のカリナを射殺したあと、社長の椅子に座ったまま、銃口を口にくわえて、引き金を引いたと思われます。机の上に血が飛び散って、凄惨《せいさん》な状況です。現在、副社長に事情をきいているんですが、副社長や重役たちも、社長室で夫妻が拳銃によって無理心中を遂げていることは全く知らなかったようで、ただただ狼狽《ろうばい》しています。銃声も、社長室の外には、聞こえなかったようです。なぜこんなことになったのか、全く見当がつかないともいっています」

十津川はその知らせを受けたあとも、三兄妹の祖父、野村真一郎について調べ続けた。三人の父親の英太郎の時代に、野村ビジネスは、すでに巨大なコンツェルンに成長していた。

十津川はパソコンで、野村ビジネスという会社を調べることにした。

現在の「野村ビジネス」は、戦時中は「野村商事」と、呼ばれていた。これは、「ビジネス」が敵性語だったからだろう。

野村商事は、戦時中は、小さな個人会社だった。社長の野村真一郎は、自《みずか》ら、社長と名乗っていたが、社員の数もわからぬ、いわば、幽霊会社だった。それより、戦時中、吉田茂の個人秘書のようなものだったというほうが、当たっている。この秘書という肩書についても、便利屋というほうが適切だという人もいる。そのため、便宜《べんぎ》的に、野村商事社長を名乗っていたのかもしれない。

ところが、戦後、突然、この野村商事が、野村ビジネスと名前を変えて、伸びてくるのである。理由は不明である。吉田茂の名前を利用したという噂《うわさ》もあるし、戦時中、いわゆる軍関係の隠匿物資《いんとくぶっし》を、集めていて、戦後、その物資を使って、金儲《かねもう》けをしたという話もある。

戦後、占領軍は、日本の、三井《みつい》、三菱《みつびし》、住友《すみとも》といった巨大コンツェルンの力を弱めようと、分割していった。財閥《ざいばつ》の分割である。

そのため、日本の経済は停滞したが、おかげで、新興勢力が生まれてきた。

それが、自動車関係でいえば、ホンダであり、電機関係では、ソニーである。ホンダは、最初、自転車に、小型エンジンをつけた代物《しろもの》を売り出した、文字どおりの町工場だった。

ソニーは、最初、東京通信工業（東通工《とうつうこう》）と呼ばれ、ダイオード一個を使ったマッチ箱みたいなラジオのキットを売る、これも町工場だったのである。

それが、大工場が、占領軍に押さえつけられている間に、町工場から、大会社に急成長していった。

商事会社関係では、何といっても、野村商事だった。大商社が、占領軍の分割によって、力を失っていた時、野村ビジネスとなって、突然、急成長していった。

ただし、そこに、ホンダやソニーのような明るい成長物語はない。その成長に、謎の部分が、多すぎるのである。

一番の謎は、資本力である。ホンダは、資本力の小ささを、自転車用補助エンジンや、オートバイのスーパーカブといったベストセラー製品を作ることによってカバーし、ソニーは、トランジスタラジオ、後には、カラーテレビ、ウォークマンといった売れる製品を作ることによって、カバーしていった。

それに対して野村ビジネスの場合は、どこから、どんな手段で金を集めたのか、はっきりしないのである。

大商社が、占領軍の政策によって、戦後しばらくの間、力を失っていたのに乗じて、野村ビジネスが、急成長したといわれるが、そのためには、資金力が、必要である。

ホンダや、ソニーのように、次々に、ベストセラー製品を作り、それによって、株価をあげて、資金を作るといったことを、野村ビジネスが、やった形跡はない。

それにもかかわらず、豊かな資金力を使って、戦後、急速に、力をつけ、巨大化していったのである。

そのため、例のM資金との関係を噂されたこともあった。謎の巨大なM資金の噂は、今も、人々の口にのぼる。

何億、いや、何兆円という巨大なM資金という隠れ資金があり、それを手に入れれば、飛躍できるというお伽話《とぎ》である。

そのお伽話に飛びついて、結局、自殺に追いやられた有名人も多い。野村ビジネスと、M資金との関係も、結局、噂話にすぎなかった。

とにかく野村ビジネスは、豊富な資金力を使って、さまざまな部門に投資し、成功し、日本国内の大都市に支社を作り、世界、主として、東南アジアに支店を設《もう》けていった。

創業者の野村真一郎は、無名の人間だった。

野村ビジネスを成功させ、長男英太郎に社長の椅子を譲ったあと、しばらく会長だったが、七〇歳で病死した。

その後、社長を引き受けた野村英太郎も、なぜか、同じ七〇歳で事故死した。

現在、英太郎の子供たち三人、英樹、英明、英子が、スクラムを組んで、野村ビジネスを動かしている。

これが、ホームページに載っていた野村ビジネスの説明だった。

現在の資本金、社員数、株価なども、載っていたが、そうした数字に、十津川は、注意を払わなかった。

十津川の関心は、創業者の野村真一郎個人のことだった。

木内宏栄との関係である。

木内宏栄と関係があった吉田茂、石原莞爾、小林一三との関係もである。

はたして、関係があったのか、なかったのか。

ホームページには、簡単な説明しか出ていないが、十津川はある程度満足した。満足した理由は、野村真一郎が野村三兄妹の祖父であることであり、一番満足したのは、戦争中、吉田茂の秘書のようなことをしていたらしいという話だった。それならば、木内宏栄の日記に載っていたとしてもおかしくはない。

関西空港で逮捕された野村英子は、黙秘《もくひ》を続けていた。成田空港からタイのバンコクへ逃亡しようとした次男の野村英明は、引き続き周辺の警察で極秘追跡をしてもらいながら、十津川は、野村ビジネスと、最初の社長である野村真一郎についての、捜査を最優先にすることにした。

野村ビジネスについては、いくつかの本が出ていた。が、その本に書かれていることは、ほとんどどれも同じだった。

昭和二〇年の八月、敗北した日本を占領した連合軍、特に連合国軍最高司令官総司令部、いわゆるGHQは、日本の財閥の解体に力を注いだ。三井、三菱や住友といった財閥である。そのため、日本の経済活動は低下したが、その代わりにホンダやソニーといった新しい企業が成長していった。野村ビジネスはその中の一つだという記述は、どの本も同じだった。

当時、軍が本土決戦のために隠していたという、いわゆる隠匿物資を扱うヤミ屋の一人としか見られていなかったが、そのうちに現代的な会社組織になり、解体された大財閥の隙間《すきま》を狙《ねら》うように会社を大きくしていった。戦時中、吉田茂の秘書をやっていたともいわれているが、確かではない。ただ、どこから手に入れるのか不思議《ふしぎ》な資金力を持っていて、その謎の資金によって、急速に巨大化していった。社長の野村真一郎は、六大都市に支店を設けるほどの大会社に成長させ、七〇歳で病死した。その息子英太郎は、さらに力をつけ、東南アジアに支社を作るほどになった。その二代目社長は、夫妻でタイのバンコクに設けた支社の三〇周年パーティに出席した直後、現地で交通事故に遭《あ》い、夫妻共に死亡した。その後、三兄妹の野村英樹、英明、英子の三人が各部門を分担して、野村ビジネスを安定した大企業として経営している。

これが野村ビジネスという会社の大雑把《おおざっぱ》な説明である。十津川としてはそれ以上に野村真一郎の、戦時中、特に昭和二〇年の行動について知りたかった。吉田茂の秘書だったらしい、という曖昧《あいまい》な表現も気になった。

十津川は、その謎を解明したくて、東京駅八重洲口の野村ビジネス本社の捜査から帰って来た亀井を連れて、戦争中と戦後の日本社会について、調査している太田《おおた》という大学教授に会いに行った。

太田教授は、十津川の質問に対して、

「野村真一郎というのは面白い人物です。たしかに、吉田茂の秘書だったという人もいるし、秘書ではなかったという人もいます。その曖昧さが面白いのですよ」

「本当は、何だったんですか?」

十津川が、きいた。

「戦争中、特に戦争末期に吉田茂の家に居《い》候《そうろう》の形でいたことは間違いありませんね。秘書的な仕事もやっていたといわれるが、正式な秘書ではなかった。それで曖昧ない方をされるんですが、吉田茂の書いたものを読むと、この野村真一郎という居候は非常に自分に忠実で、必要なさまざまなことを調べてくれている。自分は昭和二〇年頃になると、憲兵隊に目を付けられて、尾行されたり訊問《じんもん》されたりしているのだが、そうした情報もいち早く知らせてくれて、憲兵隊の追及を何度か逃れることができた、と書いています」

「しかし、吉田茂は、昭和二〇年四月中旬に逮捕されていますよね?」

「四〇日間勾留《こうりゆう》されています。理由は二つあります。いよいよ日本が危ないという時に、近衛文麿が天皇に対して、これ以上戦争を続けるのは無意味である、和平に向けて動くべきだという、いわゆる『近衛上奏文』を出していますが、その近衛上奏文を書いたのが、実際には吉田茂ではないのか、と思われたこと。吉田茂自身、実際に、高松宮《たかまつのみや》とか東郷《とうごう》外務大臣と一緒に、和平交渉に動いていますから、この二つの理由によって、四月中旬に憲兵隊に逮捕されています。その時、野村真一郎も吉田茂のために動いていたので、逮捕されることになっていたのですが、正式な秘書ではないし、それに憲兵隊としては小物だと思ったんでしょうね。それで逮捕されずに、その後、行方《ゆくえ》をくらませています」

さらに、太田教授が、話を続ける。

「戦後になると、GHQが財閥を解体し、全ての軍需《ぐんじゅ》工場を潰《つぶ》してしまいました。戦争中の日本の会社や工場といえば、全てが軍需工場で、飛行機や戦車、軍艦や大砲などを造っていましたからね。そうしたものが全てGHQによって活動禁止になってしまったので、残っているのは、いわゆるヤミ屋ばかりになってしまった。そんな状況でした。米も生活用品も全て配給制になってしまい、その配給も円滑《えんかつ》にはいかず、いわゆるヤミ物資になってしまったんです。どこでも米は売っていません。配給ですから。生活必需品も売っていない。その代わり、ヤミで定価の五倍から一〇倍出せば、手に入る。そこで、そうしたヤミ物資を扱うヤミ屋が日本中に横行したんです。その多くは、ヤクザなどがやっていましたが、野村真一郎の商売も、その一つだとしか考えられませんでした。日本がようやく国際的に認められ、占領軍もいなくなって、その上、朝鮮戦争による特需《とくじゅ》景気も生まれて、経済に勢いが出てきた時でした。なぜか野村真一郎のヤミ屋が突然、正式な株式会社になり、のし上がってきたんです。その勢いの元は、豊かな資金にありました。野村が作った会社は、ヤミ屋からマーケットになり、デパートになり、商事会社になっていった。豊かな資金力にものをいわせて、小さい会社、潰れかかった会社を買収していきました。そしてあっという間に、分割されて小さくなった三井、三菱、住友らと肩を並べるぐらいの大商事会社に、のし上がっていったんです。私は、この野村ビジネスに興味があって調べているんですが、どうしても、戦後すぐのころに、なぜあんなに資金があったのか、どこからその金が来たのか、それがわからなくて困っています」

「戦争末期、吉田茂のために働いていたわけでしょう？　それなら戦後も吉田茂の援助があったんじゃないんですか？」

と、亀井がきいた。教授は微笑した。

「それも、もちろん考えましたよ。たしかに、吉田茂は外務大臣になり、その後、総理大臣になっていますから、権力者ではありました。ですが、吉田茂が、野村真一郎に、経済的援助を与えたという証拠は、全くないんです。吉田茂が総理大臣になってから、野村ビジネスの社長になった野村真一郎が、お祝いに駆けつけたという記事は読んだことがありますが、二人の仲はその程度のものです」

と、いうのである。

「確認しますが、昭和二〇年四月に吉田茂は、近衛上奏文や和平工作の件で、憲兵隊に逮捕されますよね。そのころ、野村真一郎は、吉田茂の秘書というか、居候という立場というか、とにかく吉田茂のために働いていたことは、間違いないんですね？」

十津川が、きいた。

「それは、間違いありません。今もいったように吉田茂は、戦後外務大臣から総理大臣になって、その時代の回想録が出ていますが、その中に、〝昭和二〇年初頭のころ、私はこれ以上戦争は不可、和平交渉に動くべきだという信念を持って、東郷外務大臣や宮様方に働きかけていた。そんなときに私は危険人物として憲兵隊に狙われ、幾度《いくど》か危険な目に遭っていた。その際、いち早く憲兵隊の情報を持って来て、私に教えてくれ、私を助けてくれたのは、野村真一郎君である。野村君は私の実父と同郷で、商人の家に生まれたせいか、人に取り入ることが上手《うま》く、その才能を生かして軍部にも友人を作り、その線で、憲兵隊の動きなどを調べて、私に知らせてくれていたのである。私がともかく戦争末期、近衛公と親しく付き合って上奏文の作成に協力したり、和平交渉に動けたのは、野村君の耳があったおかげだと、今も感謝している〟というようなことを書いています。したがって、総理大臣になってから、野村真一郎のために、彼を助けるような推薦文を書いたり、有力者を紹介したりは、したとは思いますが、経済的な援助をしたとはとても思えません。たしかに吉田茂が養子に行ったのは裕福な政治家でしたが、戦後は経済的にはさほど豊かではなく、野村真一郎を経済的に援助することはできなかったはずです。これは断言してもかまいません」

と、教授はいった。

「しかし、なぜか戦後の野村真一郎は、資金力があり、それを使って大会社にのし上がっていった。これは間違いないわけですよね？」

「それは、間違いありません」

「よく『M資金』なんていうじゃありませんか。そういうものじゃなかったんですかね」

亀井がきくと、教授が笑った。

「何かあると『M資金』という名前が出てきますが、あれは完全なお伽話ですよ。何か奇跡《きせき》を願う人間が、M資金の夢を持つんです。でもあれは完全なるお伽話ですから。野村真一郎がM資金から金を得たという考え方は全くできませんね」

と、太田教授は簡単に否定してみせた。

そこで十津川は、野村三兄妹の事件について話すことにした。

「野村ビジネスの現在は、野村英樹、野村英明、野村英子という三兄妹が経営しているわけですが、そのうちの長男である社長の野村英樹が、八重洲口にある東京本社の社長室で妻を拳銃で撃ち、自殺を遂げています。その他、野村英子はバンコクに逃亡しようとして、関西空港で逮捕され、次男の野村英明は成田空港から、同じくバンコクへ逃亡しようとして、行方をくらませてしまいました」

「そのニュースには、びっくりしましたよ。なぜ、あれほどの大きな商事会社の現在の経営者が相次《あいつ》いで、逮捕されたり海外逃亡しようとしたのか、驚いているんです。何が起きているのか、わからなくて」

と、教授がいった。

「実は今回の事件ですが、原因になっているのは、三兄妹の祖父に当たる野村真一郎にあるんじゃないか。それも、昭和二〇年の戦争末期の行動にあるのではないか。そういう推測をしているんですよ。それで、戦争末期の野村真一郎のことを調べているんですが、昭和二〇年のころ、野村真一郎は三〇代だそうですね」

「正確にいえば、三二歳ですかね。彼は九月一〇日生まれだから、戦争が終わってすぐ三三歳を迎えたはずです」

「昭和二〇年に三二歳なら、当然兵役にとられているはずですよね？　本土決戦が叫ばれていて、そのころには、男の徴兵《ちょうへい》年齢が一七歳から四〇歳になっていましたから、兵隊にとられていたんじゃありませんか？　それがどうして吉田茂の秘書あるいは居候、そんなあやふやな肩書で兵隊にとられなかったんでしょうか」

と、亀井がきいた。

「それも調べましたよ。野村真一郎には眼に問題があったんです。色の判別がほとんどできない色覚異常です。それで兵隊にとられなかった。赤も黄色もわからないのでは、戦闘に加われませんからね」

と、教授が、教えてくれた。

「なるほど。乱視とか近視とかよりも、色の判別がほとんど付かないのでは、たしかに戦闘には向いていませんね」

と、いってから、急に、スマホで調べはじめた十津川は、

「野村真一郎は戦後、事業に成功して野村ビジネスという会社を作りましたが、その時にアメリカから、シボレーの高級車を購入しています」

「それは社長車として、購入しているんでしょう？　運転手も付けているんだから、色覚異常でも問題ありませんよ」

「いや、自分で運転しているんです。ここに当時の写真がありますが、シボレーの高級車の運転席に、腰を下ろし、車の運転は自分の趣味と、話していますよ」

十津川がいうと、

「本当ですか？」

太田教授がびっくりした顔で、十津川が示した文章を読んだ。

「色の区別がほとんどできない人間に、運転免許証は発行されませんよね、おかしいな」

と、首をかしげる。

「ひょっとすると、野村真一郎は、色覚異常じゃなかったんじゃありませんか」

「それなら徴兵されていますね。それに、当時は徴兵の検査で、甲乙丙《こうおつへい》と体の強さに区別を付けていたんですが、本土決戦が叫ばれるようになってからは、一番下の丙の者まで、兵隊にとられていましたからね。それでも色を区別できない人間は、危険だから戦闘に向かないと考えられて、兵隊にはとられなかったんです」

と、教授が、繰り返した。

今度は、十津川が微笑した。

「陸軍ですよ。野村真一郎が健康な体で、眼の異常もない。それを知っていながら、兵隊にとるのを、やめたんじゃありませんか」

「しかし、理由がない」

「軍隊の中でも、一番権力が強かったのは、憲兵隊じゃなかったんですか？」

「憲兵隊というのはもともと、軍隊内の警察ということだったんですが、戦争末期になると平気で民間人も逮捕していましたからね。軍隊内でも力があったし、民間でも力を持っていた」

「たぶんそれですよ。憲兵隊としては、野村真一郎を何かの理由で働かせるために、色覚異常だという理由を付けて、わざと兵隊にとらなかったんじゃありませんか」

「憲兵隊が、野村真一郎を利用するためにですか？　どんな理由ですか？」

「先生が教えてくれたじゃないですか。野村真一郎は、吉田茂の秘書的なことをしていた。吉田茂が、憲兵隊に狙われて困っている時に、なぜか野村真一郎が憲兵隊の情報を手にして、吉田茂を逃がすために、それを使っていた。そう、いわれましたよね。しかし、野村真一郎が、吉田茂のところにいる四月の中旬に、和平工作に加担したということで、逮捕されているんでしょう？　その時に限って、なぜ野村真一郎は、吉田茂を逃がせなかったんでしょうか？　憲兵隊の情報を摑《つか》んでいたはずなのに」

と、十津川がいうと、教授の表情が変わった。

「たしかに。今、十津川さんがいわれたことが本当なら、昭和二〇年四月に吉田茂が、和平工作や近衛上奏文の理由で、憲兵隊に逮捕された背景もわかってきますね。その時、たしかに野村真一郎は吉田茂のところにいたし、吉田茂が逮捕されると同時に、姿を消してしまいましたからね。吉田茂のために働いていた、と見せかけて、実は憲兵隊のスパイだったとすれば、吉田茂が四月に逮捕され、何十日も拘束《こうそく》されたことにも合点《がてん》がいきますね」

と、教授がいった。

その後、急に教授は、

「ちょっと失礼します」

といって、書庫に入ってしまった。

2

二、三〇分して、やっと教授は書庫から出て来て、十津川に向かってニッコリすると、

「今まで謎だったもう一つのことも、推測がつきましたよ。戦後、野村真一郎が事業を拡大するのに使った資金の出どころですよ」

と、いう。

「M資金じゃなかったんですか」

亀井がきいた。

「それは、絶対にありません」

と、太田は、笑ってから、

「陸軍にも、海軍にも、当時の軍隊には、大臣の他に、天皇直結の、陸軍でいえば参謀総長がいて、そうした人間にはみんな、機密費というものが出ていたんですよ。特に東條英機は、一時期、陸軍大臣と陸軍参謀総長を兼ねていましたからね。莫大《ばくだい》な機密費が、出ていた。今の金なら、何十億円、何百億円という金額です」

「軍の機密費というのは、聞いたことがありますが、それを東條英機が、勝手に使うことができたんですか？」

「今もいったように、東條英機は、一時期、陸軍大臣、参謀総長、そして首相という三職を兼務していましたからね。彼が手にしていた機密費は、莫大な金額だったはずです」

「しかし、戦争末期、総理大臣を追われていますよね。陸軍大臣でもなくなっている。そうなれば機密費は、もう出なかったんじゃありませんか？」

「それがですね。東條英機には、莫大な退職金が出されているんです。そして、その退職金や、彼が総理大臣で陸軍大臣で、陸軍参謀総長だったころに使うことができた莫大な機密費が、戦後どうなったか、全くわからないのです」

「つまり、その一部が、戦後、野村真一郎の手に渡ったということですか？」

「そう考えれば、野村真一郎が持っていた莫大な資金の謎が、判明します。つまり、戦争末期に野村真一郎が、吉田茂のために情報を集めていたが、本当は逆に吉田茂と、彼に関係ある有識者たち、それに和平工作などを調べるために、憲兵隊が吉田茂邸に侵入させたスパイだった。今もいったように、当時の東條英機は、総理大臣でもなくなっていますが、機密費の代わりに、莫大な退職金を与えられていました。東條は、それを惜しみなく、野村真一郎に与えていたんじゃありませんかね。そして、その金で吉田茂の身辺を探らせていた。戦後になると、今度は野村真一郎の口封じに、機密費や退職金を与え、野村真一郎はそれを使って、野村ビジネスを作り、大会社の社長にのし上がっていった。そう考えれば、今までの野村真一郎の謎が、全て明らかになってきますよ」

と、太田教授は、興奮した口調でいった。

ようやく、事件の核心に近づけたと、十津川は思った。陸軍の機密費については、教授がいったように、戦後その行方は不明のままだということも、軍関係の資料には書かれていたし、特に東條英機の場合は、総理大臣、陸軍大臣、陸軍参謀総長と兼ねていたので、使える機密費の額は、莫大だった。

「東條英機は、その莫大な資金を、何に使っていたんですか？　戦争のために、使っていたんでしょうね？」

十津川が、いうと、太田は、笑った。

「戦争には、陸軍省の予算があります。それに、機密費は、使途を明らかにする必要はないので、東條が、何に使ったかの解明はされていません。ただ、東條は、憲兵政治で知られていますから、その方面に使っていることは、想像されます。他に、東條は、宮中対策にも、多く使っていました」

「そういえば、東條は、なぜか、昭和天皇に信用されていたといわれますが、そのために機密費を使ったということですか」

「天皇を取り巻く宮中グループがありますから、その買収です。若いころの皇族、高松宮や秩父宮《ちちぶのみや》、三笠宮《みかさのみや》方に、東條は、アメリカのフォードや、シボレーという車を、手に入れ、機密費を使って、改造し、各宮様の誕生日に、プレゼントしています。皇族の女性たちにも、機密費を使って、プレゼントしています。しかし、もっとも、機密費、退職金を使ったのは、憲兵隊を使ってのスパイ工作でしょうね。そして憲兵政治です」

「東條と憲兵の関係は、よくいわれますね。それほど、ひどかったのですか？」

「東條は、関東軍で最初、憲兵隊司令官として出発しています。昭和一一年に、二・二六事件が発生します。青年将校たちが、軍と政治の改革を要求して、反乱を起こしたのです。そのころ、陸軍は、皇道《こうどう》派と統制《とうせい》派に分かれていて、二・二六事件を起こしたのは、主として皇道派でした。統制派だった東條は、憲兵を使って、関東軍内の皇道派を見つけ出して、片っ端から逮捕し、追放しています」

「その後、東條は、関東軍参謀から、陸軍中央に栄転しますね」

「陸軍次官になっています。その後、陸軍大臣、総理大臣になって、太平洋戦争を始め、陸軍大臣、参謀総長、内務大臣などを兼任するようになります。そして、彼の政治の根は、憲兵隊を使った憲兵政治です。まず、軍隊内のライバルを憲兵もうまく使って、追放することから始めています」

「その代表が、石原莞爾だったわけですね」

「石原のほうは、東條上等兵といってバカにしていましたが、東條のほうは、煙《けむ》たい石原を追い詰め、中央から追放し、最後には、予備役にさせています。その後、東條は、首相になるのですが、一時、彼のまわりには、憲兵司令部や、東京憲兵隊長といった、いわゆる憲兵のボスが集まっていました」

「スパイ政治ですね？」

「スパイを使った恐怖政治です」

「そのために、莫大な機密費を使った」

「首相を退《しりぞ》いたあと、莫大な退職金を得て、それも、スパイ工作に使っていますから、合わせて大変な金額になると思いますが、使途の全ては、わかりません。陸軍機密費は、使途を明らかにする必要がありませんから」

「その機密費が、民間のスパイ工作にも使われたと考えられますね」

と、十津川が、いった。

「東條は、完全に、陸軍を押さえていましたから、機密費の多くは、民間のスパイ工作に使われていた可能性があります。終戦直前の政治家たちの和平工作を探《さぐ》るには、憲兵隊よりも民間人を使ったでしょうから、金も、そのほうに使われていたと思います」

と、太田教授は、いった。

「その一人が、野村真一郎と見てかまいませんか？」

「東條が、吉田茂たち政治家や民間の有力者の動静を探るには、憲兵よりも、民間人のスパイを使うほうが、やりやすかったでしょうから、吉田茂が信用していた野村真一郎に莫大な金を使って、スパイにしたことは、充分考えられます」

と、太田は、いった。

それだけの知識を得て、十津川は、太田教授と、別れた。

3

戦後、東條英機は、A級戦犯として、東京裁判で死刑の宣告を受けている。東條が機密費を出し、憲兵隊がスパイとして吉田茂邸に送り込んでいた野村真一郎も、当然犯罪者として、告発されていただろう。それがなかったのは、表面的には逆に吉田茂のために働いていた、彼を憲兵の追及から逃がすかたちで働いていた、そう信じられていたからだろう。

吉田茂が外務大臣から総理大臣になった時も、野村真一郎は、自分にとっては恩人の一人だと考え、そのように、回想録の中に記述していたから、そのことも、野村真一郎が、有利に戦後を泳いでいけた理由に違いなかった。

「問題は」

と、十津川は、亀井にいった。

「誰かが、野村真一郎の正体を見破っていたんだ。それが戦後にまで影響して、木内宏栄の孫が、何者かに殺された」

「木内宏栄が、そのことを日記に書いていた。木内宏栄は、昭和二〇年八月に、特高《とっこう》に逮捕されて殺されていますよね。そして日記は押収《おうしゅう》され、焼却《しょうきゃく》されてしまった。そうですよ。これで少しずつ、辻褄《つじつま》が合ってきましたね」

亀井が、嬉《うれ》しそうにいった。

「木内宏栄は、吉田茂と会ったり、吉田茂の屋敷を訪ねて行ったりして、野村真一郎とも会っていた。その時に、野村真一郎がスパイであることを見破って、そのことを、日記に書いたんじゃありませんかね。兵庫県の特高課も、憲兵隊とは連絡がありますから、その日記を見て、憲兵隊が吉田邸に送り込んだ野村真一郎がスパイであることに気づかれてしまったことを知る。これではいけないと思って、問題の日記も焼却した。ところが、七〇数年経《た》った今、木内宏栄の孫の木内えりかが、その日記を再構成して自費出版するといい出した。焼却されたはずの日記だが、どこかにコピーがあったんじゃないか、あるいはコピーがないとしても、それらしい日記のようなものがあるのではないか。特高と憲兵はすでになくなっていましたが、野村真一郎の孫たちがいました。陸軍の機密費を使って、大企業に成長した野村ビジネスの、現在の社長たちです。彼らは、そして、日記が焼却されただけでは安心できないから、木内宏栄の発言が、『日本歴史研究』のような雑誌などに、残っていないか、注意し続けていたので、木内えりかの存在に気づいたのです。祖父の野村真一郎の仮面が剝《は》がれて、それがマスコミに取り上げられると、現代の野村ビジネスの人気も、たちまち落ちてしまう。株も下落《げらく》する。その危険を感じて、日記を出すという木内えりかの口を封じてしまった。そして、木内えりかの行動を追っていた津村美咲も、彼らに見つかって、殺された。これは、間違いないんじゃありませんか」

亀井が強い口調でいった。

「たしかに、今、亀さんがいったことが今回の事件の真相だと思う」

十津川も、同意した。

兵庫県警に逮捕され、黙秘を続けている野村英子は、現在、野村ビジネスの、重役である。彼女は、十津川からの推理を突きつけられて、自供を始めた。三兄妹の末っ子の彼女にいわせると、戦争中の野村真一郎の正体あるいは、陸軍から機密費を与えられて、和平派、特に吉田茂の言動をチェックして、それを憲兵隊に報告していたこと、これは生涯絶対に口外しないこと。口外すれば、大きくなった野村ビジネスは人気を落として、株価も下がり、それ以上に初代社長の野村真一郎が、唾棄《だき》すべき人間であることがわかれば、会社全体が潰れる危険がある。したがって、この件については、絶対に秘密を守ること。墓場まで秘密を守っていくことが家訓だった。だから、木内えりかのしようとしていることを知った時、三兄妹は、殺すしかないという結論になった、と野村英子は、自供した。

なぜ、木内宏栄が、吉田茂邸で時々会っていて、吉田茂が信頼していた野村真一郎がスパイであることに気がついたのか。それについても、野村英子の自供からわかってきた。

木内宏栄は昭和二〇年三月に、一度、特高に逮捕され、拷問を受けたが、阪急電鉄社長の小林一三の力で、いったん釈放された。しかし、逮捕されていた時に、彼を取り調べていた特高の一人が、ふと、野村真一郎について、彼が実際には、憲兵隊あるいは東條英機が機密費を使って雇っているスパイだということを、漏《も》らしたのではないか。それを、木内宏栄が、聞いてしまった。そして釈放されたあと、日記に書いた。ただ、吉田茂が信頼している人間なので、断定的には書かなかった。たとえば日

記に、

「吉田邸で秘書の野村真一郎氏に会った。吉田さんは、彼を信頼しているようだが、私は彼が、憲兵隊あるいは東條英機から派遣されたスパイではないかと疑っている。そのことを、吉田さんに注意しようと思っているが、なかなか聞いてくれそうもない」

というふうに、書いたのではないか。四月中旬になって、吉田茂が憲兵隊に逮捕された直後の日記にも、こんなふうに書きつけたのではないか。

「やはり思ったとおり、野村真一郎は、憲兵隊のスパイだった。彼は吉田さんが和平工作に動いているのを、憲兵隊、または、東條に密告したのではないか。そのため、吉田さんをはじめ、多くの関係者が、逮捕されたに違いないと、私は思っている」

二日後、何と鹿児島《かごしま》で、三兄妹の最後の一人、野村英明が、逮捕されたという知らせが入った。

これで、いちおう、神戸で起き、東京に飛び火した殺人事件は、解決した。

この日の捜査会議で、三上本部長が、笑顔でいった。

「これで、難しい事件の解決を見た。鹿児島県警から、野村英明の身柄引取りのあと、捜査本部を解散する」

「その前に、もう一つ、解決すべきことがあります」

と、十津川が、いった。

とたんに、三上本部長が、渋面《じゅうめん》を作った。

「私は、関係ない。本件は、終了したんだよ」

「そうは、いきません。われわれのほうから、記者諸君に頼んで、一世一代の芝居《しばい》を打ってもらい、それが、今回の事件解決になったんですから、一席設けて、正式に、お礼をいわなければいけません」

と、十津川は、いった。

「海千山千《うみせんやません》の連中が、われわれを助けるために芝居をしたと思っているのかね。全部、連中の特ダネ欲《ほ》しさだよ。いちいち、連中に、お礼をする必要があるのかね？　そんなことをしたら、これから、どんな要求をしてくるか、わからんぞ」

と、三上は、いう。

「本部長は、出席されなくてもいいです。私たちが、記者たちに感謝するだけで、充分です。ただ、今回の事件では、記者たちの協力と芝居がなければ、解決はありませんでした。彼らが、逮捕間近と動いてくれたからこそ、犯人たちがあわてて、一番派手に動いてくれた、中央新聞の田島記者を、襲撃したのです。そして、申告できないほどの現金を持って飛行機に乗るような、動きを見せました。これははっきりしています。ですから、頭を下げる必要はあります」

「それなら、君たちが、勝手に、頭を下げたらいい」

「もう一つ、やらなければならないことがあります」

と、十津川は、いった。

「記者連中を、お礼に、世界旅行にでも、連れて行くのかね？」

と、三上がいう。

十津川は、苦笑した。

「警察は、今回のように難しい事件の解決に協力してくれた人に対して、報奨金《ほうしょうきん》を払う約束をしています。今回も、この約束は、守らなければなりません」

と、十津川がいうと、三上の表情は、ますます、渋いものになった。

「報奨金は、いくらだったかね？」

「約束は、五〇〇万円です。事件によっては、もっと高額が払われたこともあります が、今回は、記者諸君も、特ダネ欲しさの協力の面もありますから、五〇〇万円で、充分だと思います」

「わかった。五〇〇万円は、計上する。しかし、記者連中への宴会には、私は、出席しない」

と、三上は、いった。

4

十津川は、菊地実にも、報告の連絡をしてから、今回のためにだけ、日記を書くことにした。

今回の事件で、日記の大事さを痛感したからだった。

十津川は、一回だけの日記を書いた。

「〇月〇日

今日、事件は解決しました。われわれは、捜査が壁にぶつかっており、容疑者さえ、見つけられずにいました。

その解決のため、新聞記者諸君の協力を要請しました。諸君は、喜んで協力し、芝居を打ってくれた。俳優でもないのにです。中でも、M新聞の木戸記者には、われわれが、容疑者を特定したという特ダネを摑んで、姿を消したという芝居をしてもらい、中央新聞の田島記者には、警察が犯人を特定したという特ダネを摑み、われわれ警察と大ゲンカになる芝居を、演じていただきました。他の記者さんたちにも、間もなく、犯人逮捕になるらしい、という特ダネ争いを演じていただきました。これによって、犯人を心理的に追い詰めることに、成功したのです。そのため、田島記者を、危険な目に遭わせてしまいました。

記者諸君の協力なしに、今回の事件解決に到らなかったことは、はっきりしています。そのお礼として、われわれには、わずかな報奨金しか、差し上げることはできません。

考えてみれば、われわれと皆さんとは事件解決の協力者であると同時に、ライバルでもあります。

今回についてだけは、全面的に、お礼を申し上げますが、次の事件では、また、競《きょう》争相手として、お互い、切磋琢磨《せっさたくま》することになります。その際には、われわれは、容赦《しや》しませんから、覚悟していただきたい。

警視庁捜査一課」

十津川は、この一日日記をコピーして、記者全員に配り、夕食のほうは、ごく簡単に済ませることにした。

編集部注・この作品は、月刊『小説NON』（祥伝社刊）平成三十一年三月号から令和元年九月号まで連載され、同年十月小社ノン・ノベルから刊行されたものです。

本作品はフィクションですので、実在の個人・団体、列車などとは一切関係がありません。

阪急電鉄殺人事件

一〇〇字書評

切り取り線

購買動機（新聞、雑誌名を記入するか、あるいは○をつけてください）	
□（　　　　　　　　　　）の広告を見て	
□（　　　　　　　　　　）の書評を見て	
□ 知人のすすめで	□ タイトルに惹かれて
□ カバーが良かったから	□ 内容が面白そうだから
□ 好きな作家だから	□ 好きな分野の本だから

・最近、最も感銘を受けた作品名をお書き下さい

・あなたのお好きな作家名をお書き下さい

・その他、ご要望がありましたらお書き下さい

住所	〒				
氏名		職業		年齢	
Eメール	※携帯には配信できません	新刊情報等のメール配信を　希望する・しない			

この本の感想を、編集部までお寄せいただけたらありがたく存じます。今後の企画の参考にさせていただきます。Eメールでも結構です。

いただいた「一〇〇字書評」は、新聞・雑誌等に紹介させていただくことがあります。その場合はお礼として特製図書カードを差し上げます。

前ページの原稿用紙に書評をお書きの上、切り取り、左記までお送り下さい。宛先の住所は不要です。

なお、ご記入いただいたお名前、ご住所等は、書評紹介の事前了解、謝礼のお届けのためだけに利用し、そのほかの目的のために利用することはありません。

〒一〇一－八七〇一
祥伝社文庫編集長　清水寿明
電話　〇三（三二六五）二〇八〇

祥伝社ホームページの「ブックレビュー」からも、書き込めます。
www.shodensha.co.jp/bookreview

祥伝社文庫

阪急《はんきゅう》電鉄《でんてつ》殺人《さつじん》事件《じけん》

令和 4 年 9 月 20 日　初版第 1 刷発行

著　者　西村《にしむら》京太郎《きょうたろう》
発行者　辻　浩明
発行所　祥伝社《しょうでんしゃ》
東京都千代田区神田神保町 3-3
〒 101-8701
電話　03（3265）2081（販売部）
電話　03（3265）2080（編集部）
電話　03（3265）3622（業務部）
www.shodensha.co.jp
印刷所　萩原印刷
製本所　ナショナル製本
カバーフォーマットデザイン　芥 陽子

Printed in Japan ©2022, Kyōtarō Nishimura　ISBN978-4-396-34837-3 C0193

祥伝社文庫の好評既刊

祥伝社文庫の好評既刊

西村京太郎
十津川警部 七十年後の殺人
二重国籍の老歴史学者。沈黙に秘められた大戦の闇とは？ 時を超え、十津川警部の推理が閃く！

西村京太郎
急行奥只見《おくただみ》殺人事件
新潟・浦佐から会津若松への沿線で連続殺人⁉ 十津川警部の前に、地元警察の厚い壁が……。

西村京太郎
私を殺しに来た男
十津川警部が、もっとも苦悩した事件とは？ ミステリー第一人者の多彩な魅力が満載の傑作集！

西村京太郎
十津川警部捜査行 恋と哀しみの北の大地
特急おおぞら、急行宗谷、青函連絡船――白い雪に真っ赤な血……旅情あふれる北海道ミステリー作品集！

西村京太郎
特急街道の殺人
謎の女『ミスM』を追え！ 魅惑の特急が行き交った北陸本線。越前と富山高岡を結ぶ秘密！

西村京太郎
十津川警部 絹の遺産と上信《じょうしん》電鉄
西本刑事、世界遺産に死す！ 捜査一課の若きエースが背負った秘密とは？ そして、慟哭の捜査の行方は？